W I N G S ・ N O V E L

弾丸のデラシネ②

嬉野 君
Kimi URESHINO

新書館ウィングス文庫

S H I N S H O K A N

弾丸のデラシネ②

目次

イラストレーション◆夏目イサク

ペルシャの王子と奇術の夜

濁銀街《しろがねがい》のどこかに落水鬼《らくすいき》が潜《ひそ》んでいる。

それは溺死者《できししゃ》が鬼《グゥイ》になったもので、よどんだ水底《みなそこ》に人間を引きずり込もうとする。もとは人であったゆえ、鬼に堕《お》ちてさえ独りは寂しい。鬼の仲間が欲しい。

珊瑚《さんご》がそんな噂を聞いたのは、冬至《とうじ》も間近のある日だ。

十二月とはいえ気温は二十度を超えており、ボストン育ちの自分には蒸し暑いほどだったが、この熱帯の住人たちには寒く感じられるらしい。街行く人々には長袖《ながそで》が目立ち、温かい飲み物がよく売れている。年に数日もない「冬日」を楽しもうとしてか、ブランド物のコートを着込んだあげく汗ばんでいる女性もおり、流行を追いかける姿に感心する。

それでも子供たちは真夏と同じ格好で、路地裏を元気に走り回っていた。普段なら暑さでだらりと伸びている犬猫も活発化しているのは、毛皮の彼らにとってほどよい気温だからだろう。

そんな午後、珊瑚は教室帰りの子供たちがたむろする駄菓子屋で初めて落水鬼の話を聞いた。

「落水鬼はふくれているよ」

汽水瓶《ソーダびん》を手にした男の子が言った。ソーダそのものより瓶の蓋《ふた》が大事なようで、何枚もに穴を空けて首からじゃらじゃら提げている。

「ものすごく大きくて、壁につかえて動けないんだって」

「水の底に引きずり込む妖怪なのに、壁につかえてるの？」

珊瑚がメモ帳片手に尋ねると、他の子がサトウキビを囓《かじ》りながら聞き返した。

「水の底にも部屋はあるでしょ？」

「ちがうよ、落水鬼はやどかりなんだよ。大きな部屋を背負ってる」

別の女の子が口を出す。この子は山査子《さんざし》の菓子を手にしており、少し割っては友だちにあげ、代わりにピーナッツをもらっている。この駄菓子屋は彼らにとって大事な社交場なのだ。

珊瑚は額に浮いた汗をぬぐい、質問を続けた。

「落水鬼はやどかりなの？　浅瀬にいるのかな？」

尋ねた珊瑚に、女の子は首をかしげた。

「普通のやどかりは、ときどき引っ越すでしょ。でも落水鬼のやどかりは大きくなりすぎて、太った腹が部屋から抜けない。手足だけ出して、這っているの。時々ピューーッって水を噴くよ」

ふんふん、と珊瑚はうなずき、彼女の説明を書き留めた。女の子の噂話はたいがい、男の子より詳細で具体的だ。まるで見てきたかのように話す。

落水鬼は溺死者の幽霊、ふくれている、壁につかえている、部屋から出られない。水死体がガスで膨張《ぼうちょう》するのは有名だし、どこかにつかえているという表現も妙にそれらしい。やはりこの噂には元ネタがあるのだろうか。

最近、珊瑚は子供たちの噂話を集めるのに夢中になっていた。

驚異的な速さで広まる現代の噂が「本当にあった話」として定着していく過程を研究した本を読み、影響されたのだ。ブティックの更衣室で着替えていた女性が消え、遠い異国に売り飛ばされていた話などが典型らしい。現代における伝説の生まれ方として社会学者や民俗学者から注目を浴びた研究で、都市伝説と呼ばれている。

その学者によると、都市伝説の伝播《でんぱ》速度が最も速いのは子供たちだそうだ。血縁や階級、職種でグループ化された大人と違い、子供は「地域」という大雑把《おおざっぱ》な集まりで交流を持つ。五、六歳の子たちの間で生じた噂もそれぞれの兄弟姉妹を通じて他の年齢層にもあっという間に広まる。研究にはもってこいだ。

子供の群れに一人交じる大人の珊瑚を駄菓子屋の婆さんがじろじろ見るので、慌てて自分もソーダを買い、僕はジャーナリストなんです、と言い訳してから女の子に質問を続けた。

「落水鬼のやどかりの話は、誰から聞いたの?」

「算術教室の子。その子の姉さんの奉公《ほうこう》先の人が見たんだって」

そもそも公立の学校など無いこの街で教育を受けるには、租界地《そかいち》にある外国語学校か民間経営の私塾に通うしかない。それも読み書きを教えるだけの保育所もどきから、優秀な講師陣によるエリート教育機関まである。貧富の差が激しい街ならではの教育格差だが、この駄菓子屋に集う子たちは中流家庭の上辺りというところだろう。

「君はその子と仲が良いの？　算術教室に行ったらまた会えるかな？」

すると女の子は首を振った。

「教室では時々しか見ないから知らない。でも落水鬼のことはみんな噂してる。見た人がたくさんいるって」

まさに都市伝説の典型だ。

友人の友人が見た、聞いた、と誰もが言う。だが直接その糸を辿《たど》ろうとしても、実際の目撃者や体験者に行き着くことはほぼ無い。

（それでも、そこを頑張って何とか調べ上げた研究者が民俗学や社会学に貢献してるんであって）

大学で神経科学を学んでいた珊瑚はこうした分野は素人《しろうと》だ。だが、市井《しせい》の研究者がただの好奇心から偉大な発見をした例はいくつもある。自分も何かしらの貢献ぐらい出来るかも知れない。

「落水鬼は燭銀街のどこにいるのかな？」

質問を変えると、子供たちは顔を見合わせた。いくつか具体的な地名は出たものの、治安の悪いエリアが列挙されているだけで場所はバラバラだ。あまり参考になりそうにない。

すると、女の子の一人が言った。

「あの子たちなら知ってるかも」

彼女がわずかな軽蔑《けいべつ》と共に指さした狭い路地に、薄汚れた子供たちがうずくまっていた。ぼろぼろの肌着だけの子がほとんどで、みんな裸足《はだし》だ。ひどく痩《や》せて、全く日の差さない建物の隙間から、白く光る目ばかりをのぞかせている。

彼らは世界中の有象無象《うぞうむぞう》が吹きだまったこの街でも最貧層《さいひんそう》の浮浪児たちだ。親は無く、家も無く、名前さえ持っていない。誰も呼んでくれる人がいないからだ。ゴミを漁《あさ》って生きているので、蛆子《うじこ》との蔑称《べっしょう》もある。いつの間にかゴミに湧く生き物という意味だ。

彼らはあの路地でじっと、「かねもち」の子が買い食いを終えるのを待っている。地面に捨てられたサトウキビの食べかす、菓子の包み紙に残ったピーナッツや黒砂糖のかけら、それを狙っているのだ。

「悪鬼《あっき》はね、ああいう子たちがいるとこに湧くから」

女の子は悪鬼が蛆虫《うじむし》と同等であるかのように言った。恐ろしい落水鬼もきっとあの子たちの寝床あたりにいるのだと、嫌悪を含んだ表情を見せる。

珊瑚も蛆子たちに話を聞いてみたいとは思っていた。

これまで噂を集めてきたのは様々な育ちの子たちで、たとえスラム暮らしでも住みかや家族、仕事は持っていた。彼らなりの社会生活があるからこそ噂が伝播し都市伝説も生まれていた。

だが毎日を残飯《ざんぱん》集めに費やし、その日を生き抜くだけで精一杯の蛆子たちにも、噂の伝達は生じているのだろうか。彼ら独自のネットワークが構築されているのか。

珊瑚は駄菓子屋に並ぶチョコレートを指さした。

「ミセス、これを五枚――」

「蛆子を餌付《えづ》けすんじゃないよ！」

とたんに老婆が鋭い声で言った。

「あいつらにエサを与えるんじゃない、ここらに居着かれたらどうしてくれんだい」

そう吐き捨てた彼女の表情からは、これまでも散々、蛆子たちと戦ってきたのがうかがえる。迷惑だ、というのも当然だろう。

蛆子が集団で教室帰りの子を襲わないのは、この駄菓子屋の老婆が鉈《なた》で武装していることを知っているからだ。彼女は上得意《じょうとくい》を守るため、刃物を振り回して蛆子たちを追っ払う。カウンターの下には散弾銃も常備されており、蛆子が店先に近づこうものならすかさず安全装置を外して威嚇《いかく》する。彼らに出来るのは、食べかすが捨てられるのを待つだけなのだ。

それに珊瑚は翡翠《ひすい》からきつく、「物乞いに構うな」と言われている。いかにも金持ちボンボン面《づら》したテメェが哀れみと共に財布を出したら速攻で身ぐるみ剝《は》がれて殺されんぞ、だそうだ。特に浮浪児は徒党を組んで襲ってくることも多い。ガキだからって絶対に同情すんなよ、と念を押されている。

（でも、なあ……）

自分は慈悲の心で施《ほどこ》しを与えたいわけでも、ましてやそれで悦《えつ》に入《い》りたいわけでもない。だがどうしても、飢《う》えた子供たちを見過ごすことに罪悪感を覚えてしまう。

それに自分には『声』を聞く能力がある。危険は察知できるはずだ。

珊瑚は微笑《ほほえ》んで老婆に言った。

「そのお堂にお供《そな》えしたいだけです」

路地裏の隅にぽつんとある小さな媽祖廟《まそびょう》を指さした。航海の神様を祀《まつ》っており、ちゃんとした建物ではなく壁の一部を露店のように改装しただけの簡易版お堂だが、きちんと手入れされているようだ。線香が煙をあげ、花やお札も捧《ささ》げられている。

老婆は珊瑚をじっと睨み上げた後、うずくまる蛆子たちにちらりと目をやった。小さく舌打ちする。

「媽祖様にお供えならチョコレートはよしな、これにしろ。うちの店の前では絶対に餌付けするんじゃないよ」

彼女に勧められるがまま、珊瑚は黒胡麻《くろごま》菓子の詰まった瓶を丸ごと買った。教室帰りの子たちも珊瑚が何をするつもりかと見守っている。

媽祖神に線香を捧げ、黒胡麻菓子をお供えし、珊瑚は適当なお祈りをした。幼い頃は日曜日ごとに教会に連れて行かれた身ではあるが、自分は無神論者だ。道教《どうきょう》の神様にお祈りしたところで何の問題も無いだろう。

背中をじっと見られているのを感じていた。

蛆子たちの心の『声』は聞こえない。少なくとも珊瑚に敵意を抱いている様子は無い。

捧げた食べ物は持ち帰ることが多いらしいが、珊瑚はそのままにしておいた。お堂から少し離れたところに立ち、帽子でぱたぱたと顔をあおぐ。さっき買ったソーダからはもう炭酸が抜けていて生ぬるい。

辛抱《しんぼう》強く待っていると、ようやく蛆子の一人が媽祖廟に近づいてきた。珊瑚や老婆、教室帰りの子たちの視線にビクビクしながらも、おそるおそる黒胡麻菓子に手を伸ばす。

彼が菓子を素早くひとつかみ握り、物陰に隠れて貪《むさぼ》り始めると、他の蛆子たちも勇気を出して近づいてきた。怯えながら珊瑚をちらちら見るので、目線で「どうぞ」とうながしてやる。

彼らは我先に菓子をつかみとり、地面にうずくまって咀嚼《そしゃく》し始めた。慌てて飲み込もうとして咳《せ》き込んでは、雨樋《あまどい》にたまった水をすくって流し込んでいる。

(ジュースも一緒にお供えしてあげればよかった……)

あっという間に菓子を食い尽くした彼らは、距離を保ったまま黙って珊瑚を見た。彼らの痩せ細った手足は歪《ゆが》んでいるのも多い。おそらく栄養不足で骨折を繰り返し、そのまままくっついてしまったのだ。

やがて一人が珊瑚にスッと手を伸ばしてみせた。もっとよこせ、とのジェスチャーらしい。

果たして言葉が通じるのかいぶかりながら、尋ねてみる。

「落水鬼の噂を聞いたことはある?」

「……」

「燭銀街のどこかに潜んでて、人間を水の底に引きずり込む鬼らしいんだ」

蛆子たちは誰も答えなかった。

駄菓子屋の老婆も、教室帰りの子たちも、無言でこの問答《もんどう》を見守っている。

やがて、片目のつぶれた男の子がボソッと言った。

「落水鬼は、――にいる」

「え？」

早口の単語が分からず聞き返した珊瑚の背後で、ヒッと息を飲む音がした。

振り返れば老婆が恐怖に目を見開いている。教室帰りの子たちも一様に怯えた顔で、じりっと後ずさる。

珊瑚はもう一度、片目の子に聞いた。

「どこにいるんだって？」

「落水鬼は、流砂河《りゅうさが》にいる」

とたんに老婆が立ち上がってわめいた。

「あっちに行け！　不吉な蛆どもが！」

「え、ちょっと、奥さん――」

「うちの店の前でその名を口にするな！　アンタも二度とここに来るんじゃない、白人小僧が！」

老婆が散弾銃を構えたので、珊瑚はほうほうの体《てい》で路地裏から逃げ出した。

流砂河が一体どこのことなのか、聞き出す余裕はとても無かった。


【流砂・河】

流れる砂の河。砂漠地帯に見られる現象。


珊瑚が持ち歩いている簡易版辞書にはそれだけしか載っていなかった。一見普通の砂地に見えるがゆっくりと河のように砂が流れており、うっかり踏み込むと蟻地獄《ありじごく》みたいに地中に引きずり込まれるらしい。テレビで観たことがある。

だが、沿岸部の燭銀街に砂漠は無い。

自分の聞き間違いだっただろうかと考えた珊瑚は、最近見つけた私設図書館へと向かった。入場は有料で館内閲覧《えつらん》のみだが、世界中のありとあらゆる言語の本が集められている。調べ物にはもってこいだ。

三ドル払って図書館へ入り、百科事典を調べてみた。普通の流砂の説明の他に四川《しせん》省やチベットに同名の河があるとしているが、燭銀街と関係は無さそうだ。

最後に、「西遊記《さいゆうき》に登場する架空の河。妖仙《ようせん》である沙悟浄《さごじょう》が玄奘三蔵《げんじょうさんぞう》に弟子入りした場所」との説明もあった。

(西遊記かあ……)

アジアでは非常に有名な物語らしい。

中国四大希書《きしょ》の一つで、仏教の経典《きょうてん》を求めて天竺《てんじく》まで旅した僧の話だ。実在した人物のようだが、物語ではモンスターたちを弟子にしたり倒したりしながら奇想天外の冒険を繰り広げている。

だが、これも燭銀街に関係するとは思えない。念のために西遊記の流砂河も調べてみたが、「玄奘三蔵の『大唐西域記《だいとうさいいきき》』が出典。中央アジアのタクラマカン砂漠ではないかと言われているが、『河』の字から後世に実際の河川《かせん》と勘違いされた」とあるのみだ。

落水鬼は水の底にいる、と子供たちは言っていた。どう考えても砂漠とは関係なさそうだし、自分はあの蛆子の言葉を聞き間違ったのだろう。だが彼にもう一度会いたくとも、駄菓子屋の老婆の剣幕《けんまく》では難しそうだ。

珊瑚は図書館のカウンター内にいた館長に尋ねてみることにした。博覧強記《はくらんきょうき》で何でも知っているインド人だ。

「あの、流砂河ってご存じですか?」

「どこの？　長江水系《ちょうこうすいけい》の流砂河か、ラサの流砂河か。架空の河なら西遊記、それとも詩人？」

そんな名の詩人までいるのか。さすが物知り館長だ。

珊瑚は声を潜めて聞いてみた。

「燭銀街に流砂河ってありますか？」

とたんに彼は顔をしかめた。本を閉じ、小さく首を振る。

「あんたのせいで穢《けが》れがついた。沐浴《もくよく》して清めなきゃ」

そう言って席を立った彼は、カウンター業務を放り出して奥に引っ込んでしまった。沐浴の準備を始めるようだ。

取り残された珊瑚はあんぐりと口を開けたが、一つだけ分かったことがある。駄菓子屋の老婆といい、この館長の反応といい、燭銀街に流砂河と呼ばれる場所は実在する。ひどく恐れられているようだし、きっと琥珀《こはく》や翡翠も知っているだろう。

さて、宝飾店に戻るとするか。

燭銀街にもだいぶ慣れた珊瑚は、比較的治安のいいエリアで買い物をし、大きく迂回《うかい》して宝飾店へ向かった。能力のおかげで大体の危険は回避できるが、突発的に起こる銃撃戦などは避けづらい。翡翠に「トロすぎ」と言われる自分は、用心に用心を重ねなければこの街を歩くのも難しいのだ。

本を数冊と鉢植えの栄養剤を買い、宝飾店のビルにたどり着いた時だ。

建物に絡みつく菩提樹《ぼだいじゅ》をじっと見上げる人物が目に入った。小柄な老人で、中折れ帽に仕立てのいいスーツ。上品な身なりの白人だ。

その隣には、これまた高級そうなスーツの中年男。こちらは髭面《ひげづら》で、中東系に見える。

二人は同時に珊瑚に気づいた。老人の方が会釈《えしゃく》し、強いフランス訛《なま》りの英語で言う。

「宝飾店の珊瑚さんでお間違いありませんか？」

「はい。失礼ですが、どこかでお会いいたしましたか？」

オーダーメイドの服しか着たことのない自分が言うのも何だが、この二人のような格好でこの街を歩くのは危険だ。すでに周囲の人々からジロジロ見られており、隙あらば物陰に引きずり込んで身ぐるみ剝がそうとしているチンピラたちも見受けられる。

老人は中折れ帽のつばに軽く指をかけた。

「私はルイ・ミシェーレと申します」

「ああ、ノルトハイム夫人のご友人の！」

数ヵ月前、宝飾店に依頼人を紹介してきた老人だ。

彼と面識があったのは翡翠だけで、金持ちっぽい爺さん、とは言っていたが、確かにいかにも上流階級に見える。

ミシェーレが持ち込んだ事件は解決したものの、依頼人であった美貌の未亡人マレーネ・ノルトハイムにはすっかり振り回されてしまった。とはいえミシェーレはノルトハイム夫人の正体を知らず、善意で宝飾店を勧めただけらしい。

ミシェーレは隣の中年の男を紹介した。

「こちらは友人のハイヤーム氏です。宝飾店に依頼したいことがあるそうです」

「初めまして」

ハイヤームが右手を差し出すので、珊瑚は慌てて買い物を地面に置き、握手を返した。

相手の目を真っ直《ます》ぐに見《ま》て両手で握手してくるのがいかにも中東の人物らしいが、どうも、心ここに在《あ》らずといった印象を受ける。護衛を頼みたいのだから心配事があるのには違いないが、すでに諦めているかのような。まあ、話は上で聞こう。

「では事務所にどうぞ」

珊瑚に続いて宝飾店のビルに入ると、ミシェーレとハイヤームは驚きの声をあげた。

「これはまた、内部も凄《すさ》まじい建物ですな」

「木の根があんなところにまで……」

このビルは元々、本物の宝飾店が一階で営業していたらしい。

その店が潰れ、ビルのオーナーも定かではないまま放置され、熱帯の樹木に侵食《しんしょく》されてしまった。むしろ倒壊《とうかい》しそうな建物を菩提樹が支えていると言ってもいいだろう。

「階段にも根っこが張ってますから、気をつけて下さいね」

二人を二階の事務所に案内し、珈琲《コーヒー》を淹《い》れた。

「他のメンバー二人はいつ戻るか分かりません。僕が依頼内容をうかがって、リーダーの琥珀ともう一人の翡翠に話を通すことも出来ますが」

するとハイヤームが弾《はじ》かれたように顔を上げた。

「いえ、他の二人をお待ちします。直接、顔を見て依頼したい」

顔を見て依頼したい、とは宝飾店の値踏みをしたいということだろうか。

それともハイヤームは琥珀と翡翠に面識があるのか。

だが彼はそれきり口をつぐんでしまい、珈琲にも手をつけようとしなかった。落ち着かない様子で、ハンカチで額《ひたい》の汗をおさえては小さな溜息をついている。よほどの心配事らしい。

逆にミシェーレの方は興味津々《しんしん》で事務所を見回し、壁を割った菩提樹の枝や葉をつついたり、窓から通りを見下ろしたりと、これまた落ち着きが無い。再び依頼人を紹介してくれたのは有《あ》り難《がた》いが、一体どうしてそこまで宝飾店を気に入ってくれたのだろう。

幸い、翡翠はそれほど待たせずに帰ってきた。死んだガチョウを手にぶら下げている。

「あれ、この前の爺さんじゃねえか」

彼は老人を見て目を見開いた。ミシェーレという名は覚えていないらしいが、ガチョウを軽く持ち上げてみせる。

「今から羽根むしって茹《ゆ》でるけど、爺さんも食う?」

彼が来訪者に手料理を勧めるなど非常に珍しい。きっと闘鶏《とうけい》か闘犬《とうけん》か麻雀《マージャン》で大勝ちして、機嫌がいいのだろう。

「おお、翡翠さんは料理もなさるので？」

「まあな。——そっちのオッサンは？　見たとこムスリムだけど、鳥なら食えんだろ」

翡翠から顎《あご》で指されたハイヤームは、ゆっくり首を振った。

「私はイスラムの戒律《かいりつ》に則《のっと》って命を絶たれたハラール食材しか口には出来ませんので」

「あっそ。お好きに」

肩をすくめた彼は、キッチンで大鍋に湯を沸かし始めた。確か、大型の鳥は血抜きした後、ぬるめの湯に浸《ひた》してから羽根をむしるのだ。

（翡翠が料理上手なのは知ってるけど、まさか鳥の解体から出来るなんてなあ……）

正直、ガチョウを丸ごと捌《さば》く様子を見物したい気もしたが、依頼人を放っておくわけにもいかない。珊瑚がミシェーレと当たり障《さわ》りのない世間話をし、キッチンから良い匂いが漂ってきた頃、琥珀も戻って来た。

「依頼人か」

「そうだよ。こちらは以前、ノルトハイム夫人を紹介してくれたルイ・ミシェーレ氏。今日はご友人のハイヤーム氏を連れて来てくれたんだ」

琥珀の表情は動かなかったが、ミシェーレを怪しんでいるのは分かった。自分で宝飾店に依頼するわけでもなく、次々と依頼人を送り込むのが不審なのだろう。

それを感じ取ったか、ミシェーレが苦笑した。

「翡翠さんには申し上げましたが、私には宝飾店に依頼したいような差し迫った身の危険がありません。ですから友人を紹介するのにかこつけて、こうして建物に入れてもらったのですよ」

「この事務所に入りたかっただと？」

わずかに眉根を寄せた琥珀にミシェーレは動じる様子も無く、嬉しそうに事務所を見回した。

「菩提樹に絡みつかれたビルの内部がどうなっているか、興味津々でして。カンボジアで似たような遺跡を見て、その美しさに感動したことがあるのです」

じっとミシェーレの笑顔を見ていた琥珀は、珊瑚にちらりと目をやった。

なので、小さく首を振ってみせる。ミシェーレから危険な『声』は聞こえない。むしろ、事務所の中に入れて本当にただ喜んでいるだけなのを感じる。

「……まあいい。で、そっちが依頼人だな？」

琥珀から視線を向けられ、ハイヤームは慌てて立ち上がった。右手を差し出そうとし、すぐに引っ込める。

「あ、失礼。宝飾店のリーダーは握手をしないのでしたよね」

確かに琥珀は誰とも握手をしない。武器を持つ手を他人に触らせたくないらしい。

「俺たちのことは下調べ済みか」

「ええ、ミシェーレさんに宝飾店を勧められてすぐ、私なりに。まあ、あなたたち有名ですので噂はいくらでも集まりましたが」

するとキッチンから大皿を運んできた翡翠が言った。

「俺も握手はしねーぞ。ま、知らねー男の手なんざ握りたかねーって理由だけどよ」

ドン、と置かれた皿には綺麗にスライスされた塩茹でガチョウ肉が並んでいた。皮はパリパリに炙《あぶ》られ、別添えされている。とたんに珊瑚の腹がくるるる、と音を立てた。

「これ、このまえ店で出た料理？」

「ありゃアヒルだけどな。ガチョウでもいけるらしいからやってみた」

翡翠が上機嫌に答える。今日はよっぽど大勝ちしたようだ。

スライス肉でネギや生姜《しょうが》の千切《せんぎ》りを巻き、塩ダレをつけてかぶりつく。炙られた皮の方は甘《あま》辛《から》いタレと共に。どちらもやたらと美味《うま》く、初めて食べたというミシェーレは大絶賛だ。

やがてハイヤームがそわそわし出した。

私のことはお気になさらず食べて下さい、と言うものの、ガチョウ肉に目をやっては何度も唾《つば》を飲んでいる。

珊瑚は助け船を出すことにした。

「旅先でハラール食材が手に入らない時は、現地のものを口にしても良かったのではないですか」

とたんにハイヤームはホッとしたように笑った。

「そうですね、勧められた料理を断る方が教えに反しますし」

言うなりガチョウ肉に手を伸ばした彼は、遠慮無く食べ始めた。ムスリムも色々だが、彼が柔軟なタイプでよかった。さすがにビールは飲まないが、幸せそうに肉を咀嚼している。

一羽分のガチョウはあっという間になくなってしまい、ハイヤームは名残惜《なごりお》しそうに生姜の千切りだけにタレをつけ、口に運んだ。

「この料理ならば、口のおごったあの方にも気に入って頂けるかと思うのに……」

溜息をついた彼は、スーツの内ポケットから写真を一枚、取り出した。琥珀の前にスッと差し出す。

「彼が、あなた方に守って頂きたい方です」

写真の中には息を飲むほどの美青年がいた。

ペルシャ辺りの民族衣装に身を包んでおり、真っ直ぐにカメラを見据《みす》えている。端整な顔立ちに甘い微笑みを浮かべており、長い睫毛《まつげ》に縁取《ふちど》られた瞳は金と緑が混ざった不思議な色合いだ。写真ではよく分からないが、複雑な虹彩《こうさい》の持ち主に見える。

「これはまた、水もしたたるというか……アポロンのごとき美男子ですね」

珊瑚が素直な感想を述べると、ミシェーレも頷いた。白髪頭を振りながらしみじみと言う。

「私が今までの人生で出会った中では、間違いなく一番のハンサムですね。『太陽がいっぱい』に出演時のアラン・ドロンよりも美しい青年だと、個人的には思います」

フランスの誇《ほこ》る映画スターと比べて遜色《そんしょく》ない美男など、そうそういないだろう。もし彼がスクリーンに登場しようものなら、世界中の女性を虜《とりこ》にしそうだ。

だが彼の美貌に感心したのは珊瑚だけらしく、翡翠はうさん臭そうな目で写真を見るばかり、琥珀にいたっては無表情に一言だけだった。

「――で」

話をうながされ、ハイヤームは咳払いしてから続けた。

「彼はザール様。ペルシャの、とある貴族の名家のご子息です。そちらに代々仕《つか》えているのが私の家系で、今はご当主について内向きのお手伝いをしております。まあ、執事のようなものと思って頂ければ」

彼はザールの名字も素性《すじょう》も明かさなかった。慎重な話しぶりからするに、複雑な事情がありそうだ。

「当家には十三人のご子息がおられますが、ザール様の母上は外国人で身分が低く、早くに亡くなられました。よって彼は早々に跡継ぎ候補から外れましたが、逆に自由気ままに暮らせると喜んでおられました」

ボンボンでおっとりした他の息子たちと違ってザールは好奇心旺盛《おうせい》で、外国に出たがった。パリに留学し、女学生と女性教授の視線を一身に集めながらも学業に専念、経済学で学位を取った。

ミシェーレが懐かしそうに言う。

「私がザールに会ったのは、十年前のその頃です。大学のキャンパスだけではなく、パリ中で『ペルシャの王子様』と噂になっていましたね。あの民族衣装は目立ちますし」

だがペルシャの王子様は卒業後、あっさりと民族衣装を脱ぎ捨てた。

そしてこれからは親の金には頼らないと宣言し、バックパック一つを背負うと「世界を見てくる」と旅に出た。彼もまた、パリという先進都市に感化されていたのだ。

ザールは旅先の様々な国からハイヤームに電話や手紙をよこしたが、半年ほどして突然それが途絶えた。

「ジャカルタからの手紙が最後でした」

跡継ぎ息子以外に関心の無い当主に代わってジャカルタに飛んだハイヤームは、手を尽くしてザールを捜した。そしてようやく、彼が燭銀街に向かったらしいとの情報を得た。

地理的にジャカルタからはそう遠くないし、好奇心の強いザールが噂の魔都《まと》を見物しにフラッと訪れたとしてもおかしくはない。ハイヤームはすかさず燭銀街に渡った。

するとアラブ人街で彼を見たという人物が現れた。数日の間、宿に滞在していたらしい。

「ザール様はしばらく燭銀街をフラフラされていたそうですが……」

ハイヤームは一瞬口をつぐみ、どこか戸惑った声で答えた。

「流砂河、というところに向かったきり、行方知れずになったそうです」

――流砂河。

それは落水鬼がいると噂され、名前を出しただけで駄菓子屋の老婆や図書館長に忌《い》み嫌われた場所だ。

珊瑚が琥珀をチラリと見ると、難しい顔になっていた。翡翠にいたっては思い切り舌を出し、ゲー、などと言っている。

その反応を見て、ミシェーレが不思議そうに聞いた。

「流砂河というのは、そんなに危険な地帯なのですか?」

「危険っつーか。地獄の穴って呼ばれてんな」

肩をすくめた翡翠は煙草に火をつけ、煙と共に言った。

「足を踏み入れた奴は二度と出てこねえ。だから地獄穴、だ」

「僕も今日、流砂河の噂を聞いたばかりだよ。燭銀街の住民にも忌み嫌われてるみたいだね」

ハイヤームが溜息をついた。

「そのようですね。十年前も流砂河の名を出すだけで嫌悪感や恐怖をあらわにされ、まともに聞き込みも出来ませんでした」

「だろうよ」

翡翠が流砂河の説明を簡単にしてくれた。

郊外にある鉱山跡地で、十九世紀半《なか》ばから廃道《はいどう》に流民《るみん》が住み着いてスラム化していた。最盛期は三千人以上も暮らし、そもそも治安の悪い燭銀街にあってさえ魔窟《まくつ》と恐れられた。流砂河と呼ばれたのは鉱山周囲に放置された大量の土砂のせいで、雨が降れば本当に流砂のような現象が発生していたらしい。

それでも流砂河を目指す流民は後を絶たなかったが、第二次大戦中、住人は全滅した。

「全滅？　戦争で？」

「違うらしい。何かしらねーが、たった一晩で住人全てが死に絶えたそうだ。原因は不明」

さすがに騒ぎとなり調査隊が送られたが、彼らも二度と出てこなかった。

やがて流砂河は地獄として恐れられるようになり、誰も近づかなくなった。世界中の人間が集まり、様々な宗教が交差するこの街で唯一、誰からも恐怖される「地獄」が誕生したのだ。

「興味本位で見物しに行った奴や、真面目に調査したがってたジャーナリストなんかも誰一人帰らねえ。そのうち、死にてえ奴がフラフラと流砂河に入ってくようになった」

宗教によっては自殺を禁じている。葬式を出してもらえないばかりか、自殺者の家族もつまはじきにされる。

だから自殺は出来ないがどうしても死にたい者が、流砂河に吸い込まれていくようになった。

「ごくまれに流砂河に入っても出てくる奴がいるが、必ず発狂してるらしい」

「は、発狂？」

「世にも恐ろしい光景を目の当《ま》たりにして、恐怖の余り気が狂うんだと。ま、噂だけどな」

翡翠の説明を痛ましそうな表情で聞いていたハイヤームは、やがてぽつりと言った。

「ザール様は『そんなに面白そうなところがあるなら見学してくる』と流砂河に向かわれたそうです。周りが止めても聞く耳持たずだったそうですが、やはり二度と戻って来られることはなく……」

さすがにザールの捜索を諦めたハイヤームは、ペルシャに帰国して父親である当主にありのままを報告した。

他に十二人も息子がいる当主は大して嘆《なげ》きもしなかった。厳格なムスリムである彼にとって、ザールは西洋社会に染まった堕落《だらく》した息子だったのだ。

母親もいないザールの葬式は簡素なものだった。ハイヤームは哀れに思いつつも、ザールがわずかな間でも世界を冒険できたことを神に感謝し、冥福《めいふく》を祈った。

それから十年。

「ですが……今になってザール様は流砂河の中で生きているらしい、との噂を聞きまして」

「生きている？」

「はい。これは当家の第二夫人からの情報です。彼女のご実家も名門で、世界中に幅広いネットワークをお持ちです。そちら方面から、ザール様は十年間ずっと流砂河の底にいるとお聞きして」

——十年間ずっと、地獄の穴の中で生きている？　廃墟となった鉱山跡地で？

珊瑚がさすがに驚いていると、それまで黙って聞いていた琥珀が口を開いた。

「第二夫人にその情報をもたらしたのは誰だ?」

「それは教えられないそうです。彼女のご実家はいわば王家につかえる諜報《ちょうほう》機関のようなものでして。情報源は決して明かさない代わりに信憑性《しんぴょうせい》はあります」

とは言いつつ、ハイヤームは半信半疑のようだった。話を聞いていただけの珊瑚も、さすがに十年前に行方不明になったザールが地の底で生きているとは思えない。

翡翠がうさん臭そうに言った。

「ハイヤーム、あんたさっき、俺たちにザールを守れって言ったよな。生きてるかどうかも分かんねー奴をどうしろっつうんだよ」

「つまり、僕たちに流砂河でザールさんを捜して欲しい、そして生きていたなら無事に連れ帰って欲しい、そういう依頼ですか?」

珊瑚はそう付け加えたが、さすがに琥珀も断るだろうな、とは思った。どう考えても護衛の仕事ではない。

ハイヤームは額にハンカチを当てながら、ぼそぼそと言った。

「実は——第二夫人からこう伺っております。『護衛として名高い宝飾店にとって唯一の苦い失敗の思い出が流砂河。汚名《おめい》返上のためにザール捜索を引き受けてくれるだろう』、と……」

——宝飾店にとって流砂河は苦い思い出?

珊瑚が驚いて琥珀と翡翠を見ると、琥珀は眉をひそめ、翡翠は舌打ちしている。

やがて琥珀が小さな溜息をついた。

「なるほど。第二夫人は確かに情報通のようだな」


翌日は十二月の雨となった。

気温は十五度を下回り、珊瑚《さんご》は燭銀街《しろがねがい》に来て初めて寒さを感じた。大学時代を過ごしたイギリスの真冬は零下《れいか》もざらだったというのに、すっかり身体が熱帯に慣れてしまったようだ。

小鳥専門店がずらりと並ぶ通りを訪れた珊瑚は、軒先《のきさき》に吊るされた無数の鳥籠《とりかご》を眺めた。様々な種類の鳥が盛んに鳴いているかと思えば、寒さに膨《ふく》らんで縮こまっているのもいる。

最も古そうな店を選んで入り、爺さんなのか婆さんなのか定かでは無い店主に尋ねた。

「カナリアを見せてもらえますか」

すると早速《さっそく》、竹製の鳥籠が五つも並べられた。店主が自慢そうに言う。

「うちのはどれも声がいいよ。鳴き合わせ試合で何度も勝ってる」

特にオススメはこれとこれ、と指さされたが、珊瑚には小鳥の違いなどよく分からない。どれも黄色くて可愛くはあるのだが。

「ええと、元気な子がいいんですが。出来れば始終騒いでいるようなのが」

「元気？　うるさいだけのは試合に勝てないよ。情緒の無い鳴き方をする」

「いいえ、試合には出さないので……体力のある個体を探しています」

それでも店主は声の良いのを勧めてきたが、珊瑚は最も身体が大きく、短時間で三度もフンをしたオスを選んだ。落ち着きは無いが、元気は有り余っていそうだ。

カナリアの籠を手に通りに出ると、クラクションを鳴らされた。琥珀《こはく》と翡翠《ひすい》の乗った車が向かいに付けてある。今日のために借りたものだ。

籠に上着をかぶせた珊瑚は急いで道を横切り、後部座席に滑り込んだ。

「濡れなかったかな？」

そう尋ねると、カナリアは首をかしげてピーピチピチと鳴いた。愛想《あいそ》もいい奴のようだ。

運転席の琥珀が車を出しながら言った。

「用意は出来たか」

「うん、頼まれたものは全部」

車は郊外へ向けて走った。

雨がどんどん激しくなり、ワイパーが忙しく左右に揺れる。内側からも窓ガラスが曇《くも》りだし、視界が悪い。なのに周囲の車は容赦《ようしゃ》なく飛ばすので、流れに乗ってスピードが上がる。

（まあ琥珀の運転だから安心だけど）

翡翠も運転は上手いのだが、すぐ他のドライバーに中指を立てる上に容赦なくアクセルを踏む。乗っていて落ち着かない。

かと言って、無免許ドライバーが横行《おうこう》するこの街を自分で運転するのも心もとない。

一度だけ琥珀と翡翠を乗せて運転してみたことがあるが、珊瑚の一秒前には二人とも危険を察知して「!」「やべ!」などの心の『声』をあげる。それが脳内に流れ込んでビックリし、余計に慌ててしまう。そしてさらに翡翠から「トレぇ!」と怒られる悪循環。なので運転は二人に任せるようにしている。

街の外れに出るまで、誰もしゃべらなかった。

琥珀が無口なのはいつものことだが、今日は翡翠も黙り込んでいる。車内に響くのは窓ガラスを叩く雨の音と、時々思い出したように鳴くカナリアの声だけだ。

(二人とも、宋春燕《ソン・チュンイエン》のこと考えてるのかな……)

昨日、「宝飾店の唯一の苦い思い出は流砂河《りゅうさが》」だとハイヤームの口から聞いた。

珊瑚が気になっていると、ハイヤームとミシェーレが辞した後、琥珀が淡々と説明してくれた。

まだ琥珀と翡翠が燭銀街に来たばかりの頃、宋という金持ちから十七歳の一人娘の護衛を依頼された。結婚が決まっているが、それを阻止《そし》しようと狙っている勢力があるので、式の日まで彼女を守って欲しいとのことだった。要するに政略結婚がらみのゴタゴタだ。

二人は宋家に泊まり込み、春燕の護衛にあたった。どこに行くにもつきっきりだった。

だが寝室の中には一度も入れてもらえなかった。春燕が男に寝所《しんじょ》を見られるのは絶対に嫌だと言い張り、中を調べることを拒否したのだ。琥珀はせめて盗聴器が無いかチェックしたいと頼んだが、「部屋では何も話さないから問題ない」と頑《かたく》なだった。

真夜中を一人で過ごさせるのも心配だと父親が言うので、寝室内は乳母と女中がつきそうことになった。寝室前は琥珀と翡翠、そして屋敷そのものも雇われた男たちに囲まれ、防御態勢は万全のはずだった。

特に襲撃も受けず、迎えた結婚式の前夜。

春燕が寝室から忽然《こつぜん》と姿を消した。

乳母と女中は睡眠薬で眠らされており、何も見ておらず、聞いてもいなかった。誘拐されたにしても不可解な状況だった。

すぐに大捜索が行われたが、春燕はどうしても見つからず、結婚式はお流れとなった。

春燕の父親は激怒し、宝飾店に護衛の前金を返すよう迫った。そして周囲には「宝飾店は腕利きだと聞いていたのにとんでもない」と当たり散らした。行方知れずの娘の身を案じるのではなく、政略結婚がご破算《はさん》になったことに立腹していた。

その三日後、父親あてに春燕からの手紙が届いた。

たった十七で脂《あぶら》ぎった中年男の嫁になるぐらいなら死にたい。だが宋家の屋敷で自殺しては悪い「気」を呼び込んでしまう。なので、唯一の親孝行として外で死ぬことにした。そのような内容だった。

宋家の古い屋敷には様々な仕掛けがあり、春燕の寝室の隠し扉から地下へと抜けられるようになっていた。百年以上前に封鎖《ふうさ》されたまま父親さえ存在を知らなかったらしいが、春燕は結婚が決まってから二年、毎日少しずつ鍵を削《けず》っていた。この隠し扉を発見されたくないため、宝飾店に寝室をチェックさせなかったのだ。

そして結婚式前夜、乳母と女中に薬を盛った彼女は、地下から街へと脱出し、目的の死地へと向かった。

——死に場所は流砂河にいたします。親不孝な娘ゆえ、浄土《じょうど》を求めはいたしません。

手紙はこう結んであった。三日後に投函《とうかん》してもらえるよう誰かに頼みます、とも添えてあった。

父親が慌てて流砂河の近くを捜させると、確かに春燕が入っていくのを目撃した者が何人かいた。誰が止めても無駄で、死なせて下さい、と言っていたそうだ。

春燕の手紙を投函した蛆子《うじこ》も見つかった。小銭をもらい、美味《おい》しいものを食べなさい、と頭を撫でられたそうだ。

覚悟の上の自殺。

三日も経《た》っていれば手遅れなのは間違いないが、せめて遺体を回収すべく、父親は捜索隊を出そうとした。だが、どれだけ金を積んでも人が集まらなかった。部下を脅《おど》してもすかしても無理だった。

流砂河に入って出てきた者はいない。万が一出られたとしても、必ず発狂する。誰も捜索隊になど加わりたくないに決まっている。

やがて父親も遺体回収を諦め、空《から》の棺《ひつぎ》で葬式を出した。

春燕の自殺はすぐさま燭銀街に知れ渡った。春燕自《みずか》らが図《はか》って逃げ出したこと、秘密の通路の存在が宝飾店には知らされていなかったことも広まり、あれは宝飾店の責任ではないと皆が噂した。おかげで護衛としての評判は落ちなかった。

――だが、一人の少女が死んだ。

それは事実だ。

琥珀は十二歳だった珊瑚を無条件で助けてくれたことがある。翡翠が琥珀に心酔《しんすい》しているのも、子供のころ琥珀に救われたことがあるかららしい。

これだけの実力の男が、傭兵《ようへい》や殺し屋などではなく護衛を専門とする理由。

琥珀は単純に、人を救いたいのだ。

そうでなければ、自分が救われない。

何となくではあるが、珊瑚はそう思う。春燕を救えなかったことは、琥珀にとっては苦い思い出なのだろう。

（ただ、それをペルシャにいる第二夫人が知ってるってのも凄《すご》いけど）

燭銀街にはペルシャ人の商工会やアラブ人街もある。遠く離れた国からでも情報は得られるだろうが、それを材料に義理の息子捜索を引き受けさせるとは恐ろしい。

ハイヤームが琥珀と翡翠の顔を見て直接依頼したいと言ったのも、やたら不安そうで落ち着きがなかったのも、宝飾店に圧力をかけるよう第二夫人に強要されていたからだろう。

ザールが十年間も流砂河の中で生きているという信じがたい情報も、いったいどこから手に入れたのだろう。数少ない生還者は発狂しているという話だが、何らかの証言があったのか？

「そろそろ着くぞ。珊瑚、鳥を用意しろ」

琥珀がボソッと言った。

溜息をついた珊瑚は鳥籠の中に手を入れ、そっと人差し指を差し出した。止まり木のカナリアは首をかしげたが、案外素直に指に乗ってくる。

鳥籠から出したカナリアを、珊瑚はまた別の小さな箱に入れた。通気性のよいメッシュ生地で覆《おお》われており、上部には小型の酸素ボンベが取り付けてある。

これはカナリアを使った「警報装置」だ。

主に炭鉱などで、有毒ガスの感知に用いる。カナリアは人間よりはるかにガスに敏感で、急にグッタリし始めたらガスが出ている可能性が高い。普通のガス検出器などより精度が高いため、世界中の炭鉱や鉱山の近くには必ずカナリア専門店があると言われる。

昔はただの籠でカナリアを持ち歩き死なせてしまうことも多かったそうだが、最近ではこうした酸素ボンベをつけたタイプがほとんどだ。カナリアが弱り出したらこれで蘇生《そせい》させつつ人間も撤退《てったい》する。

戦時中、廃山《はいざん》となった鉱山跡地に住み着いた人々が一夜にして死に絶えたなら、有毒ガスが噴出した可能性が高い。伝染病なども考えられるが、さすがに一晩で皆殺しは無理だろう。

そして現在でも入った人間が戻らないというのなら、未だにガスが出ているのかもしれない。おそらく流砂河の内部はガス中毒者のミイラでいっぱいだ。

それを想像して珊瑚はゾッとしたが、引き受けた仕事だ、仕方がない。とてもザールが生きているとは思えないし、さっさと遺体が見つかるのを願おう。

車が止まったのは、寂しい山の中腹だった。

以前は錫《すず》が掘られていた鉱山で、廃墟となった選鉱所《せんこうじょ》や鉱夫《こうふ》宿舎が斜面に張り付いている。

雨の中、三人は黙って廃墟の前を通り過ぎた。じっと見られている気配を感じて振り向くと、物陰に潜《ひそ》む数人の蛆子と目が合う。

「視線合わせせんなよ。たかられっぞ」

翡翠に注意され、珊瑚はそっと目をそらした。今日のような雨の日、彼らが廃墟でどう寒さをしのいでいるのか気になった。

道無き道を上り続け、ようやく流砂河に入る抗口《こうぐち》が見えて来た。

半分は土砂で埋《う》まっているが、中に入れそうな隙間は板で封鎖《ふうさ》されており、そこから錆《さ》び果てたトロッコのレールが伸びている。熱帯植物に覆われているのに、妙に物悲しい光景だ。葉を打つ雨の音もなぜか寂しい。

抗口の前には小さな立て看板があった。英語と広東語《カントン》、ポルトガル語で「神はあなたを見捨てない。引き返しなさい」と書かれており、教会の電話番号が添えられている。

さらにビニール袋に包まれた聖書も提《さ》げられているのは、これを読んで自殺を思いとどまれ、ということだろう。抗口を封鎖したのも、教会の人々のようだ。

「ばっかみてえ」

翡翠が聖書を鼻で笑い、煙草を水溜まりに投げ捨てた。

過去に何があったのかは知らないが、彼は教会が好きではないようだ。一番助けて欲しいときに何もしねーのが神様だ、と言ってもいた。

琥珀が抗口の前にしゃがみ、地面を調べた。

「数人が定期的に巡回しているようだな。教会の奴らか」

「ヒマっすねー、死にたい奴は勝手に死なせときゃいいのに。――よっと」

翡翠が抗口に打ち付けられた板を無造作に蹴《け》り割り、持ってきたバールでバリバリ剥《は》がし始めた。燭銀街中から忌《い》み嫌われる死地《しち》だというのに、彼に恐れという概念は無いのだろうか。

破壊音に驚いて騒ぐカナリアに、珊瑚は声をかけた。

「ごめんね、君が具合悪くなったらすぐに酸素あげるからね」

「その必要も無いとは思うがな」

そう琥珀が言うので、珊瑚は困惑した。カナリアを買ってこさせたのは彼なのに。

「どうして？」

「俺も昔の大量死はガスが原因だと思う。だが現在、入った人間が出てこないのは別の理由だろう」

「……やっぱりそうかな」

珊瑚が最も気になったのは、何人も潜入したはずのジャーナリストが誰も帰ってきていないことだ。

鉱山跡地で大量死なら有毒ガスが原因だろうと誰もが思う。当然、ジャーナリスト達も防護服と酸素ボンベを装備し、カナリアの籠を持って入っただろう。鉱山の専門家も連れて行ったかもしれないし、魔窟の正体をスクープしたいからこそ安全対策もばっちりだったはずだ。

なのに、戻って来ない。

「ガス以外に人間を皆殺しにする何かがあるんだろう。案外、物理的に一人ずつ始末してるかもしれんな」

「えっ」

琥珀の物騒《ぶっそう》な言葉に怯《おび》えてしまった珊瑚は、媽祖廟《まそびょう》で聞いた蛆子の言葉を思い出した。

――落水鬼《らくすいき》は流砂河にいるよ。

膨《ふく》れあがって動けない落水鬼。

もしかして本当に、人を殺す化け物が潜んでいるのか？

自分は悪魔も怪物も信じない。だが、殺人に快楽を覚えるサイコパスが存在するのは知っている。

もし、流砂河に連続殺人鬼が住み着いているとしたら。

自殺志願者やジャーナリストを殺し続けているとしたら。

(まさかザールが殺人鬼……？　いや違う、彼が流砂河に入る以前から人々はここに吸い込まれ続けていた)

ごくりと唾《つば》を飲んだ。

流砂河の中は死体だらけでガスもまだ出ているだろう、と覚悟はしていた。

だが、得体の知れない殺人鬼か。琥珀と翡翠が一緒とはいえ、さすがに恐ろしい。

珊瑚が流砂河の内部をあれこれ想像しているうちに、翡翠は抗口の封鎖を破壊し尽くした。

無造作にバールを放り投げる。

「よし、入れんだろ」

抗口がぽかりと暗い穴を空けた。

吸い込まれそうな闇の奥から、奇妙な臭いが漂ってくる。

「死臭だな」

翡翠が唇の端をニッとつり上げた。なぜそこで笑う、と突っ込みたくなるが、まあ頼もしくはある。

気がつくと、蛆子が数人、十五メートルほど離れた位置からじっとこちらを見ていた。さっきの子たちが後をつけてきたようだが、これ以上は怖くて坑道に近づけないようだ。

一人が言った。

「お兄さんたち、どうせ死ぬなら服ちょうだい。脱いで置いていって」

自殺する前に服をよこせ、か。こんな物騒な恐喝《きょうかつ》は初めてだ。

翡翠が肩をすくめる。

「ばーか、俺たちゃ自殺志願者じゃねえよ。中を調べるだけだ」

「そう言ってた人たち、誰も戻ってないよ。みんな鳥を持って入るけど無駄。その鳥ここに置いていってよ、食べるから」

淡々とそう言われ、珊瑚は慌ててカナリアの箱を胸に抱いた。

「た、食べちゃ駄目だよ、この子はそもそも観賞用。今日は大事な仕事もあるんだし」

「ほっとけ、ガキのカツアゲなんざ。——行くぞ」

きびすを返した翡翠がためらうことなく流砂河の坑道に入っていく。

珊瑚も蛆子たちに「ごめんね」と手を振り、大きく深呼吸してから彼の後を追った。おそるおそる闇に足を踏み入れる。

背後から琥珀に言われた。

「俺はカナリアよりお前の能力に期待してる。頼むぞ、警報器」


珊瑚は人間の死臭というものを知らない。

アメリカでは普通、人の遺体はエンバーミングという過程を経《へ》てから葬式に出される。消毒され、保存処理され、美しく死に化粧された遺体はまるで眠っているかのようで、棺桶《かんおけ》には香りの強い花と共に横たわっている。軍人や医療関係者でもない限り、現代アメリカ人の多くは死者特有の臭いを知らずに生活しているのだ。

だから珊瑚も、坑道に充満する黴《か》びたような臭いが翡翠の言う死臭なのかどうか分からない。

だが暗く湿った坑道内はひどく不気味で、ひんやりした空気に死の微粒子《びりゅうし》が漂っているような気さえしてくる。

（いやいや、死の微粒子ってなんだ。そんな抽象的な）

死臭の正体が何であれ、ただの有機化合物の分子だ。全て化学式で表せる。妙なことを考えてしまうのは、自分が臆《おく》しているせいだ。

先頭の翡翠が銃のライトで坑道を照らし、安全を確認しながら進む。

ヘッドライトを装着した珊瑚は、時々、カナリアの様子をうかがった。今のところ彼は元気で、箱の中で時々、首をかしげている。この奇妙な臭いを感じているのだろうか。

内部は思っていたより崩壊していなかった。

金属製の支保杭《しほくい》は腐食《ふしょく》しているが、廃山になった後、スラム民により鉄骨や竹材で補強されたようだ。壁紙代わりに貼られた新聞の日付を見ると、一九四一年とある。三十年以上も昔か。

そのうち、漢字の落書きが増えてきた。アジア諸国、欧米諸国の言語も多い。よく照らしてみると、ほとんどが最期《さいご》の言葉だ。

だが先頭を行く翡翠はそれらを気に留める様子も無い。あー、煙草吸いてー、とブツブツ言ってはいるが、さすがに爆発の危険性のある坑道内で火をつけるような真似はしない。

やがて、掘り尽くされた鉱床《こうしょう》の跡に出た。

広い空間が板や看板などで区切られ、生活用品の残骸《ざんがい》が散乱している。ここがスラム時代に住空間だったところらしく、絡み合った電線の先には古い自家発電機もある。

珊瑚が覚悟していた大量の死体はどこにも無かった。空《から》のバケツの中に骨が積み重なっているのを照らしてギョッとしたが、よく見れば小型動物のものだ。きっと山で狩ってきて食べた跡だろう。

湿って寒い坑内だが、思っていたより酷《ひど》い空間ではない。少し大きな居住区は食堂や商店らしき作りになっているし、麻雀卓《マージャンたく》もある。燭銀街中心部のスラムとそう変わらない社会生活が営《いとな》まれていたようだ。

そう考えた時だった。

「うお」

翡翠が小さな声をあげた。

垂れ下がった電線がカーテン状になった奥にライトを向け、驚いた顔をしている。

「どうした」

「やべえもん見つけたっす」

それまで平然としていた翡翠が眉根を寄せている。彼が「やべえ」と言うからには、本当にやばそうだ。

琥珀もその電線カーテンの奥をのぞき、動きを止めた。珊瑚を振り返る。

「覚悟してから見ろよ」

「え、えええ」

戦場で死体を見慣れているはずの彼にそうまで脅《おど》されると、さすがに恐ろしくなる。何度も唾《つば》を飲み込んだ珊瑚は、ショックでカナリアの箱を落とさないよう抱き直し、琥珀の肩越しにそっと中をのぞいた。

一瞬、人間が何人もいるように見えた。

ライトに照らされる中、三人がテーブルに座って何か食べている。そして壁際に一人が立ち、奥の寝床には大人と子供が寝ている。

誰もが服はボロボロで痩《や》せており、微動だにしない。――いや、呼吸しているようにさえ見えない。

「……人形？」

本物の人間そっくりの人形。最初、珊瑚はそう思った。

細部にまでこだわって作られており、手前の老人など頭部にしみ、顎《あご》には無精髭《ぶしょうひげ》まで見える。よほどの人形師の作品に違いない。

――だが、人形にしてはあまりにもリアルだ。

「人形じゃない、死体だ」

琥珀はそう言ったが、珊瑚には信じられなかった。

死体？　腐敗《ふはい》していないということは、彼らは死んだばかりなのか？　いや、あの服や食器の劣化具合からしてかなりの年月が経《た》っているようにも見える。

珊瑚は鼻の下を手で覆い、そっと中に足を踏み入れた。老人の死体をヘッドライトで照らし、よく観察する。

「屍蠟《しろう》だ」

「知ってたか」

「ロンドンの魔術博物館で見たことあるよ。あれは手だけだったけど」

動物の死体が特異な条件下で腐敗せず、そのまま蠟になったものを屍蠟という。永久死体の一種で、確かシチリアの修道院に世界一美しいと言われる少女の屍蠟があったはずだ。

珊瑚が博物館で見た手だけの屍蠟は魔術の道具として作られたもので、罪人の手を切り落として蠟化させたものだった。この老人の皮膚の質感とそっくりだ。

屍蠟は寒冷地の湿地帯で見つかることが多いらしい。低温と適切な湿度が屍蠟化する条件なので、この廃鉱山はちょうどそれを満たしているのだろう。

珊瑚はもう一度部屋を見回した。どの屍蠟も、まるで生きているかのようなポーズをとっている。

「この人たち、ここで亡くなったわけじゃないよね」

「ああ。わざわざ集めてきた死体にポーズをとらせ、椅子に座らせている」

そうだ、これは蠟なのだから細工はそう難しくない。体勢を変えさせることも、細かい表情を彫りつけることも可能だろう。

翡翠がうんざりしたように言った。

「いー趣味してやがんな」

そうだ、これは悪鬼《あっき》や幽霊のたぐいの仕業《しわざ》ではありえない。

こんなことをした――死体を陳列《ちんれつ》して遊んだ人間が確かにいるのだ。

だが、屍蠟で驚いてはいられなかった。

隣の居住区では麻雀卓をミイラ化した死体が囲んでいた。これは下手に扱うと崩れるためか、あまり無理な姿勢はとらせていないが、ちゃんと指先にパイを挟んでいる。

その隣では白骨が薬を売っていた。薬棚にはずらりと甕《かめ》や瓶《びん》が並び、アルコール漬けの蛇《へび》や蛙《かえる》まで残っている。

さすがに痛ましくて、珊瑚は彼らに黙禱《もくとう》を捧《ささ》げた。死してなお体をもてあそばれるなんて浮かばれない。流砂河からの数少ない生還者がみんな発狂していたというのももっともで、こんな光景を見続けていたら誰だって狂いたくもなる。

現に珊瑚だって、この二人が一緒でなければこの場で卒倒《そっとう》していただろう。そしてそのまま屍蠟化だ。

琥珀は死体を全てチェックし、死因は様々のようだと言った。外傷《がいしょう》の無いものも、胸に刺《し》殺痕《さっこん》が残るものもある。また年代もバラバラのようで、同時に死んだとも思えないようだ。

（……落水鬼の仕業？）

想像していた連続殺人鬼よりずっとたちが悪い。この悪趣味な死体陳列を喜んでやったとしたら、とんでもない精神異常者だ。

「屍蠟コーナー、ミイラコーナー、白骨コーナー、さーてお次は何だ」

翡翠が軽口を叩いたが、その表情はさすがにうんざりしていた。

白骨雑貨屋の隣には、もとは赤かったと思われる布が垂れ下がっていた。そして入り口には料金表らしきもの。掠《かす》れて字が読めないが、やはり何かを売っている店だったのだろうか。

赤い布をめくった翡翠は絶句した。

中を凝視《ぎょうし》していたが、やがて無言で琥珀に目をやる。今までに見たことのない、険《けわ》しい表情だ。

(え、え、何、これまでより酷い部屋なのかな)

続いて赤い部屋を見た琥珀も、厳しい顔になった。滅多《めった》にない、琥珀の心の『声』が聞こえてくる。


——ふざけるな。


いつも冷静な彼が怒りを感じている。これはよほどのことだ。

珊瑚も覚悟を決め、カナリアの箱を抱き直すと中をのぞいた。

赤い部屋は格子戸《こうしど》で区切られており、奥には若い女が七人、籐《とう》の椅子に座っていた。各国の民族衣装に身を包んだ様々な人種だが、化粧は濃く、肌もあらわで煽情的《せんじょうてき》な格好だ。

そうか。ここは屍蠟の娼館《しょうかん》だ。

琥珀と翡翠は、一番奥の椅子に座った少女をじっと見つめていた。

チャイナドレスに身を包み、髪は宮女《きゅうじょ》のように結い上げている。清楚《せいそ》な美少女だ。

ふと、珊瑚は思い当たった。

「ねえ、もしかして、あのチャイナドレスの子が――」

琥珀は溜息をついた。

「宋春燕だ」


琥珀は彼女たちを隔《へだ》てている格子戸に近づいた。

黒檀《こくたん》に水仙が彫《ほ》られており、花心《かしん》には宝玉《ほうぎょく》が埋め込まれていたらしき穴もある。とてもスラムの娼館とは思えない優雅な造りだが、見た目に反して頑丈《がんじょう》丈そうだ。

「無理に外すと天井が崩れるな」

格子戸は四方が鉱床《こうしょう》に食い込むよう設置されており、床はセメントで固めてある。工具が無いと取り去るのは不可能だろうが、せめて春燕の遺体を回収してあげたい。

確か中国人の死生観では、人は死ぬと魂《こん》と魄《はく》に分かれて天地をさ迷い、子孫に祀《まつ》ってもらえないと再生できない。春燕もちゃんと家族の元に送り届けて弔《とむら》ってもらわないと可哀想だ。

そして出来れば、他の六人の女の子たちの身元も調べたい。最初に見た屍蠟部屋の死体は全てスラム民のようだから身元判別は難しいだろうが、彼女たちはおそらく自殺志願者の一般民だ。生前の面影《おもかげ》を留めたこの屍蠟を写真に撮れば、家族が気づくかもしれない。

その時、珊瑚はふと違和感を覚えた。

ここは他の死体部屋と何かが違う。まるで生きているかのように飾られているのは同じだが、奇妙な齟齬《そご》を感じる。その正体が何なのか自分でも分からないのが不安だ。

そして、この部屋を見て生まれた懸念《けねん》がもう一つある。

ザールの死体も春燕と同じように、どこかに陳列されているとしたら？　目もくらむような美青年だ、連続殺人鬼だって着飾らせて鑑賞したいと思うかもしれない。

翡翠が元来た方角を振り返って言った。

「俺、車に戻って工具とってくるっす」

「一人で動くな。いったん三人で入り口まで引き返そう」

琥珀がそう言うので珊瑚はホッとした。覚悟を決めて入った地獄穴だが、想像より遥かに不気味な場所だ。単に死体が多いだけではない、死体で人形遊びをした誰かの狂気が渦巻《うずま》いていて、それが一番恐ろしい。

だが、特に問題なく入り口まで引き返せそうなのは有《あ》り難《がた》い。流砂河の中は罠《わな》だらけなのではないかと危惧《きぐ》していたが、今のところ死体陳列で驚かされただけだ。入ったら二度と出られない、というのは大げさな噂に過ぎないのかもしれない。

そう思った瞬間だった。

ふいに、カナリアが激しく羽ばたいた。

声の限りに鳴き、箱から出ようともがいている。

「えっ、突然どうし――」

「静かに」

鋭く琥珀に言われ、珊瑚は口をつぐんだ。

翡翠が岩盤の天井をじっと見上げている。ジーンズにさした銃にそっと手を伸ばす。

この二人が、耳を澄ませている。何かを感じ取っている。

自分には何の『声』も聞こえない。少なくとも殺意や敵意を持った人間はこの近くにいない。

だがカナリアは甲高《かんだか》い声で鳴き続け、暴れるのを止めない。何を、何を怖がっているのだ。

その時、何かが聞こえてきた。

最初は虫の羽音かと思った。

次に、猛獣が低くうなっているように感じた。奇妙な重低音が響いてくる。

だが、どこから？　岩盤に囲まれた空間では音が反射して方角がよく分からない。この低く連続した音の発生源はどこだ。段々と大きくなってくる。

珊瑚の脚が震えだした。

「え？」

恐怖からではない。これは――地面が揺れている。重低音がますます大きくなる。

琥珀が叫んだ。

「走れ！」

彼に襟首《えりくび》をつかまれた珊瑚はわけも分からず走り出した。入り口と反対方向、流砂河の坑道の奥へ。

翡翠が前を走っている。ライトの明かりが激しく揺れている。

地面の揺れがひどくなり、まともに立っていられなくなってきた。

（崩落《ほうらく》か！）

鉱山で最も恐ろしいのは崩落だ。だが、その場合は入り口を目指すべきでは？　なぜ自分たちは生き残る望みの薄い坑道の奥へと向かっている？

そう焦《あせ》った瞬間だった。

「うわっ！」

足元を何かにすくわれ珊瑚は転倒した。

手に、足に、まとわりついてくるのは——砂？

「起きろ！」

琥珀に引っ張り上げられ、珊瑚は何とか立ち上がろうとした。だがすでに足は砂に埋もれている。

ようやく状況が理解できてきた。

大量の砂がこの廃坑に流れ込んでいる。自分たちは今、生き埋め寸前だ。

砂は凄《すさ》まじい勢いでかさを増し、濁流《だくりゅう》のように渦巻いていた。もがいても意味は無く、一瞬で珊瑚の腰まで埋まってしまう。引っ張り上げようとする琥珀のブーツも砂に沈み始めている。

翡翠、翡翠は——。

必死に見回した珊瑚は、口にライトをくわえた彼が岩盤の壁をロッククライミングのように登っているのを見つけた。この閉ざされた廃坑に逃げ場は無い、あそこもすぐに砂に埋まる。

彼はいったい何を。まさか、絶体絶命に陥《おちい》って錯乱しているのか？

「翡翠！」

彼を正気に戻そうと名前を呼んだ瞬間だった。

珊瑚のみぞおちにいきなり琥珀のこぶしが叩き込まれた。

ゲホッ、と呻《うめ》き声が漏れる。息が出来ない。酸素を吸い込むための筋肉が動かせない。

すでに珊瑚は胸まで砂に埋まっていた。目の前が暗くなっていく。

せめて君だけでも、と珊瑚は暴れるカナリアを警報装置の箱から解放した。黄金色《こがねいろ》の矢のように飛び出し、闇の奥へと吸い込まれていく。

気絶する寸前、珊瑚はようやく思い出した。

——ああ、ここは流砂河という名の場所だった。

本当に流砂が発生するから、きっとそう呼ばれているのだ。


頬を何かに刺された。

チクチクする。針？　尖った細い何かで頬を引っ掻《か》かれているようだ。

前髪も引っ張られている。いったい何だろう。

突然、鼻に鋭い痛みが走った。

「いてっ」

珊瑚はようやく気がついた。

ぼんやり目を開けると、視界は黄色で埋《う》まっている。柔らかい……羽毛？

自分の目の前にあるのがカナリアの尻であると気づくまでにはだいぶかかった。チクチクするのは彼の爪、前髪を引っ張っているのはくちばしだ。さっきは鼻を囓《かじ》られたらしい。

「痛い、痛い待って」

目をつかれたらたまらない。そっとカナリアをつかんでどかせ、うめきつつ起き上がる。

自分は濡れた砂の上に倒れていたらしい。全身が砂まみれだ。

みぞおちがズキズキして、吐き気もする。さっき琥珀のパンチが入ったから当然だが、彼はなぜあんなことをしたのだ。

痛みに耐えつつ左右を見た珊瑚は、隣に翡翠が倒れているのに気がついた。やはり砂まみれで、固く目を閉じている。

「ひ、翡翠⁉」

「頭を打ったようだ。息はある」

その声に振り向くと、琥珀が壁際に立っていた。

無事な姿を見てホッとする。翡翠の意識は無いが、取りあえず三人とも生きてはいるようだ。

「……ここは？」

「昇降機《しょうこうき》が設置されてた場所のようだな」

さっきまでの坑道と違い、天井の高い空間だ。腐食《ふしょく》した昇降機は、掘り出した錫鉱石や鉱夫を運ぶためのものだろう。ここが最下層のようだ。

「エレベーターってことは、地上に出られるんじゃない？」

「無理だ。少し登ってみたが、崩落で埋まってる」

「そっか……」

地獄の穴と呼ばれる場所から、そう簡単に脱出は出来ないか。

立ち上がろうとした珊瑚は、みぞおちの痛みに思わず身をかがめた。おかげで生きているという実感も湧いてくる。

「えーと。僕、さっき何で殴られたの？」

「土砂崩れや雪崩《なだれ》で生き埋めになった人間は、パニックをおこして普段の何倍も酸素を消費する。気絶していた方がまだ、生存確率は上がる」

なるほど、自分は暴れたり叫んだりしないよう気絶させられたのか。もしあのまま砂に埋まっていたらと思うとゾッとする。

「助けてくれてありがとう。よく生きてたね、僕たち」

「翡翠のおかげだ」

砂が流れ込んできた瞬間、翡翠は素早く壁をよじ登って天井近くの電線を引き剝がし、琥珀に向かって投げた。それを命綱にし、琥珀は珊瑚をつかんだまま砂に飲まれることなく耐えたそうだ。

翡翠が錯乱したかと焦った自分が恥ずかしい。とっさにそんな判断をしていたなんて。

珊瑚が気絶させられてから一分ほどで砂の奔流《ほんりゅう》は止まったそうだ。だが安堵もつかの間、不気味な軋《きし》み音が響いたかと思うと、岩盤が崩れて三人とも最下層まで落下した。

その時に翡翠が頭を打ったが、運良く珊瑚と共に廃水の溜まったトロッコに落ち、それ以上の怪我はしなかった。濡れた上に大量の砂が降ってきたので、二人とも粉砂糖をまぶしたクッキーみたいになってしまったが。

カナリアは珊瑚の肩に留まり、髪の毛を引っ張るのに夢中だ。その頭を指で撫でる。

「君も無事で良かった」

懐《なつ》いてくるカナリアをあやしながら、珊瑚はもう一度この空間を見回した。ふと違和感を覚える。

さっきまでの坑道と同じく鉱山の支保杭は腐食しているが、スラムの住民たちにより竹材で補強されている。奥に続く坑道には錆びたレール。似たような光景なのに、何かが——。

ハッと息を飲んだ。

「ここ、灯りがついてる⁉」

慌てて壁を見回した。

ぐるりと設置されたライトが煌々《こうこう》と空間を照らしている。つまり、この最下層には電気が届いている。さっきまでは三人の持つライトだけが頼りの薄暗い空間だったのに、まるで地上の施設だ。

「やっと気づいたか」

「自家発電機の音はしないし……一体どこから」

こんな大事なことを見逃して呑気《のんき》に話していたなんて。自分も頭を打ってしまったのだろうか。

「ライトを調べたら、製造年月日は今年だった。最近設置されたものだ」

「……今現在、生きた誰かがここにいるんだね」

「さっきの砂も意図的に流し込まれたものだろう。ただの崩落じゃない」

「あ、ほんとだ。これ工業用に精製された砂だね」

砂まみれの自分の身体を見下ろしてゾッとした。流砂河に罠が見当たらないことに安心していたら、まさかあんな大がかりな方法で殺されそうになるとは。

珊瑚はポツリと呟いた。

「――落水鬼か」

「何？」

聞き返され、珊瑚が蛆子から聞いた噂を説明しようとした時だった。

琥珀が無言で坑道の奥を振り返った。

珊瑚と翡翠を守る位置に立ち、じっと暗がりを見つめる。

揺れる灯《あか》りが近づいてきた。レールの上をひたひたと歩いてくるようだ。

やがて昇降機広場に現れたのは、手に蠟燭を持った黒人の男だった。

（神官）

珊瑚の最初の印象はそれだった。

長身に白い布を緩《ゆる》やかにまとっている。金の額飾りに首飾り、帯は豹《ひょう》の毛皮のようだ。どこ
となく古代ローマの衣装トーガを連想させるのは、彼の端然《たんぜん》としたたたずまいのせいだろう。

まさか彼が、落水鬼か？

まだ若いが、想像していたような狂気じみた顔ではない。むしろ物静かで知的にさえ見える。

（いやいや、サイコパスには知能の高い人物が多いんだ。油断しちゃいけない）

珊瑚はそっと翡翠の腕を握った。

もし琥珀があの男と戦うなら、自分が翡翠を担《かつ》いで安全な場所まで運ぶのだ。

咳払《せきばら》いした珊瑚は、男に声をかけた。

「あなたは誰ですか。少なくとも敵意は感じませんが」

この状況で琥珀に真っ先に伝えるべきこと。

彼からは何の『声』も聞こえない。今すぐこちらに危害を加えようとはしていない。

男はようやく口を開いた。

「アルイと申します。英語でよろしいですか」

「はい、大丈夫です」

かすかなフランス語訛《なま》り。民族衣装からするに、アフリカの旧植民地諸国の出身か。

アルイは倒れたままの翡翠に目をやった。

「そちらの方はお怪我をされているようですね。医者がおります、手当てさせましょう」

「一つ聞く。俺たちを殺そうとしたのはお前か」

琥珀に尋ねられると、アルイはゆっくり首を振った。

「違います」

「では、誰だ」

「砂を流し込んだのは、私のご主人様です」

ご主人様。

珊瑚は思わず聞いた。

「もしかして、ご主人様とは落水鬼ですか」

アルイの視線がゆっくりと珊瑚に移動した。静かにうなずく。

「地上ではそのような名で呼ばれているようですね」

「子供たちが噂していました。人を水の底に引きずり込んで殺す鬼だと。それが流砂河にいると」

「引きずり込んでいるわけではありませんよ。勝手に降りてくるのですから」

そうだった。ここには自殺志願者が次々やってくるのだ。

だが落水鬼が何者にしろ、彼らの屍体をもてあそんで陳列していいはずがない。

「それよりも、その倒れた方を早く手当てした方がいいのでは」

そう促《うなが》したアルイに、琥珀が言った。

「俺たちを殺そうとした奴の手下を信用しろと？」

「ご主人様が砂を流し込んだのは本当です。しかし、殺そうとしたわけではありません」

「何？」

「正確に言うと、あなた方が生き残るかどうかお試しになったのです。そろってご無事のようですので、ご招待するよう命じられました」

生き残るかどうか、試した？

こちらは腕の立つ琥珀と翡翠がいたから何とかなったが、あんな目に遭って生き残れる人間がどれほどいるというのだ。試練を与えたつもりなら無茶すぎる。

アルイは淡々と続けた。

「警戒されるのは当然ですが、あなた方を殺そうと企むならばお迎えに上がったりいたしません。ここは地下二百メートル、この先の坑道は立体迷路のように入り組んでおり、ルートを知らねば脱出は不可能です。放っておいても待つのは餓死《がし》のみ」

「……」

「それに、すでにご主人様はあなた方に大きな施《ほどこ》しを与えられております」

「施し？」

鋭く言った琥珀に、アルイは少しだけ微笑んだ。

「この地下で生存するのに最も大事なものですよ」

「……酸素か」

琥珀の言葉に、珊瑚はハッと息を飲んだ。

そう言えばそうだ、ここには電気が通じているだけではなく充分な酸素もある。砂を坑道に流し込むという大がかりなことをやってのける落水鬼だ、流砂河の通風口は全て把握しているだろう。

「あなた方の餓死を待たずとも、ご主人様が通風装置を止めるだけで簡単に殺せます。どうか、ご招待に応じて頂けますよう。――では、こちらへ」

背を向けたアルイは、坑道の奥へと進んでいった。

琥珀が無言で珊瑚を見る。

いったん目を閉じ、感覚を研ぎ澄ました珊瑚は、もう一度アルイの『声』に耳を傾けた。

何も聞こえない。

敵意も殺意も高揚感も無い。ただ淡々と仕事をこなしているだけのようだ。

「大丈夫だと思う。落水鬼がどんな人物かは分からないけど、少なくともアルイは僕たちに害意は無い」

「分かった」

琥珀はぐったりした翡翠を軽々と肩に担ぎ上げ、無言で歩き出した。アルイの後について坑道に入る。

彼はいったん「警報器」の珊瑚を信じたなら疑わないと決めているようだ。足取りに迷いが無い。

珊瑚も暗い坑道へと続いた。カナリアも何か感じ取っているのか、大人しく肩に乗ったままだ。

坑道は暗闇を塗り重ねたようだった。昇降機広場の灯りが遠ざかると、ほとんど何も見えなくなる。

頼りになるのは先頭のアルイが持つ蠟燭だけだが、非常に心もとなく、どこをどう歩いているのかさっぱり分からない。

だが闇に目が慣れてくると、坑道の壁がうっすらとエメラルドグリーンに光っているのに気づいた。夜光塗料の人工的な色ではない。もしや――。

「アルイさん、この光はもしかしてヒカリゴケですか？」

「左様《さよう》でございます」

前方の薄闇から聞こえたアルイの声に、珊瑚は興奮して言った。

「うわー、こんなにたくさんのヒカリゴケが見られるなんて！　絶滅危惧種《レッドデータ》ですよ」

ヒカリゴケの道はどこまでも続き、曲がりくねっていた。蠟燭のわずかな灯りを反射し、実に神秘的だ。天の河《あまのかわ》の中を歩いているかと錯覚しそうになる。

「ヒカリゴケ採取《さいしゅ》して持ち帰りたいけど、無理だろうなあ。環境の変化に弱い生き物だから」

溜息と共に珊瑚が独り言を呟くと、アルイが応《こた》えた。

「流砂河でもヒカリゴケが自生しているのはこの辺りだけです。環境が安定しているのでしょう」

「え？　これ自生じゃなくて栽培したものですよね」

思わず問い返した。

アルイが肩越しにちらりと振り返る。

「――どうしてそう思われます」

「ヒカリゴケは洞窟《どうくつ》や岩陰なんかの薄暗がりに生育しますよね。ほんのわずかな光を反射するから光って見える植物です。こんな真の暗闇じゃ本来は育たないはずです」

「……未発見の新種なのでは？」

「いいえ、栽培です。だってさっきからアルイさん、ヒカリゴケの数字に沿って進んでるじゃないですか」

「数字？」

琥珀に聞き返され、珊瑚は嬉々として説明した。

「このヒカリゴケ適当に生えてるみたいだけど、よく見ると物凄く大きな漢数字になってるんだよ。最初に見えたのは『二』って数字で、次の分岐点で『二』と『三』が現れた。アルイさんは『三』の方に進みましたよね」

つまり数字の組み合わせさえ覚えておけば、いくら入り組んだ迷路でも迷わない。蠟燭一本でも進むことが出来る。

「そもそもヒカリゴケの栽培って物凄く難しいのに、よく成功しましたね。育てているのはアルイさんですか？　論文にして発表――」

そこまで言って、珊瑚はハッと息を飲んだ。

自分は今、迷路を読み解く仕組みをとうとうと語ってしまった。敵か味方か分からぬアルイに、手の内をさらしてしまったのだ。

(僕の馬鹿！)

漢数字に気づいたことは黙っておくべきだった。

もし三人で逃げようとしても、ヒカリゴケに塩水でもかけられれば終わりだ。か弱い植物なので一瞬で死滅してしまう。

全く、何てザマだ。

琥珀と翡翠に助けられたばかりだというのに、唯一の武器である知識さえ無駄にしてしまうなんて。

珊瑚は琥珀にだけ聞こえる声で、彼の背中に呟いた。

「……ごめん」

「大丈夫だ」

琥珀はボソッと言い、後ろ手にした左手をそっと開いて見せた。

暗くてよく分からないが、彼が握っていたのは――弾丸？

琥珀は弾丸を分岐ごとに落としていたのだろうか。いや、そんなことをすれば岩盤に金属音が反響して、アルイにすぐ気づかれる。

だとすれば考えられるのは、弾丸の中の火薬だ。ヘンゼルとグレーテルのように撒《ま》いておくことは可能だが、この暗さでは火薬の道を追うのは難しいだろう。

（犬でもいればいいけど……あ、翡翠だ！）

ようやく珊瑚は琥珀の意図を悟《さと》った。

翡翠は嗅覚《きゅうかく》が常人より遥かに鋭いらしい。料理の美味い人間は味覚だけでなく嗅覚も優《すぐ》れているものだが、その能力は戦場でも役立つそうだ。こいつの犬並みの鼻には何度も助けられた、と、以前、琥珀が言っていた。

翡翠が目覚めさえすれば、わずかな火薬の臭いでも追える。この迷路を後戻りして、昇降機広場から脱出経路を探すことも出来る。鉱山には換気用の穴もたくさんあるはずだ、どこかには出られるだろう。

さすがリーダー、と安心はしたものの、珊瑚の失態《しったい》が消えるわけではない。せめてもと、感覚を研ぎ澄まして再びアルイに意識を集中する。

相変わらず『声』は聞こえない。そもそも冷静なタイプらしく、感情の起伏があまり無いようだ。

だが、さっきと違ってアルイの『泡』を感じる。声にもならない小さな感情の揺らめきである、泡。

これは、喜びの感情か？ 炭酸水のように弾けている。

「カナリアを乗せた貴方《あなた》さまは、漢数字が読めるのですね」

ふいにアルイから流暢《りゅうちょう》な広東語で話しかけられ、珊瑚は驚いた。こちらも英語から切り替える。

「は、はい。広東語はある程度マスターしました。今は北京《ペキン》語に挑戦中です」

「それは素晴らしい。租界《そかい》に閉じこもって同国人以外と話さない白人も多いというのに」

その深い声音には賞賛と好意が含まれていた。我ながら単純だが、さっき失敗したばかりなのも忘れて嬉しくなってしまう。

「語学は趣味みたいなものです。最初は必要にかられて覚えたのですが、今は語彙《ごい》を増やすこと自体が楽しくなっちゃって」

アルイの返事は無かった。

だが、代わりに彼の『声』が聞こえてくる。

――これは勧められる。

勧められる？　いったい何のことだ？

必死に耳を澄ませたが、アルイの『声』はもう聞こえなかった。

「カナリアのお方。何人もがこの迷路を通り抜けましたが、ヒカリゴケの数字に気づかれたのは貴方が初めてですよ」

アルイが立ち止まった。

蠟燭の光の輪の中に、ぼんやりと扉が浮かんでいる。

「着きました」

その扉には細かい彫刻がほどこされていた。

アルイが蠟燭の灯りを近づける。

「この紋様《もんよう》の意味が分かりますか」

そう問われ、珊瑚はじっと彫刻を観察した。

翼を広げた巨大な鳥。頭部は獣、尾羽《おばね》は燃えさかる炎のように広がり、二本の脚の下には卵。周囲は唐草《からくさ》模様で縁取《ふちど》られている。

「……ペルシャ神話の鳥の王、シームルグですね。大英博物館でササン朝のレリーフを見たことがあります」

霊鳥《れいちょう》シームルグは恐ろしく長い寿命を持ち、何百年も卵を温め続ける。雛《ひな》が成長すると自身は燃えさかる炎に飛び込んで焼け死ぬとされ、死と再生の象徴とも呼ばれる。その羽根一枚にも治癒《ちゆ》能力があるらしい。

アルイはにっこり微笑んだ。

「博識な方だ」


――私は、この子、好きだな。


彼の『声』も同時に聞こえてきた。わずかの間にずいぶんと好意を持たれたようだ。

そして、知識を披露《ひろう》したことによってアルイが珊瑚に好感を持ったならば、おそらく彼もまた知に魅了された人。知的なのは風貌《ふうぼう》だけではなく、おそらく中身もだ。

珊瑚も彼に笑顔で応えたが、一番尋ねたいことは口にしなかった。

ペルシャと聞けばすぐ、ザールに結びつく。

この中に彼がいるんですか。落水鬼とはどんな関係ですか。そもそも生きているんですか、死んでいるんですか。まさか屍蠟にされて飾られていませんか。そう質問したくなる。だが、宝飾店がザールを探しに来たことはまだ知られていないはずだ。今度こそ、手の内を明かすわけにはいかない。

アルイが七度ノックをすると、重そうな扉がゆっくりと内側から開かれた。

向こう側には、同じ顔の少年が二人、立っていた。

双子のようだ。アラビア風の衣装に身を包んではいるが、どこの出身とも判別のつかない容姿をしている。大きな丸い目が愛らしいが、こんな子どもたちが地獄と呼ばれる地下にいるなんて信じられない。

しかし珊瑚が双子よりも驚いたのは、奥に続く廊下だ。これまでの坑道と違い、きちんとした建材で囲まれている。普通の屋敷のようだ。

(廃鉱山の下に住居を造ったのか……落水鬼はホント何者なんだ)

双子は全く同じ仕草で深々と礼をした。

「ようこそ、お客様。僕たちがご案内致します」

ハキハキした声までそろっている。彼らとアルイに先導され、翡翠を抱えた琥珀と共に、珊瑚は廊下を進んだ。ついつい見回してしまう。

壁はくすんだ薔薇色《ばらいろ》で、さっきの扉と同じく唐草模様の彫刻が施《ほどこ》してある。上品で落ち着いた廊下を歩いていると、さっきまで死臭に満ちた空間にいたことが信じられない。

だが、アルイと双子に案内された先はもっと驚きだった。

大理石のアーチに囲まれた大浴場だ。壁はモザイクタイル、泉盤《せんばん》からお湯がゆるゆると溢れる浴槽《よくそう》が三つと、蒸し風呂がある。地下のはずなのに天窓から謎の光が降り注いでいるのが不思議だ。古代ローマの浴場に似ているが、中東のハンマームと呼ばれる形式のようだ。

珊瑚があんぐり口を開け、さすがの琥珀も驚きに目を見張っていると、アルイが一礼した。

「まずは、こちらでおくつろぎ下さい。お着替えも用意してございます」

その時、気絶したまま琥珀に担がれていた翡翠が小さなうめき声をあげた。

「うう……」

「起きたか。意識は」

「はっきりしてる」

「下ろすぞ」

「うっす」

床に下ろされた翡翠は、何度か両手を握っては開いた。瞬《まばた》きし、軽く手足を振っている。

それが終わると、琥珀が翡翠の瞳孔《どうこう》をのぞき込んだ。意識の戻り具合の確認方法らしいが、流れるような動作だ。

さすがに二人は慣れたものだなあと珊瑚が感心していると、翡翠がようやく異変に気づいた。

大浴場を見回し、しばらく沈黙した後、ボソッと言う。

「……何だ、ここ。俺やっぱ意識混濁《こんだく》中？」

「僕にもさっぱり」

まだ呆然としつつも、状況を簡単に説明した。

鉱山の最下層に落下し、「ご主人様の落水鬼」に招待を受け、迷路を抜けたらアラビアンナイトみたいな風呂に連れてこられた。自分で言いながらもワケが分からない。

すると、双子の片割れがいきなり珊瑚のシャツに手をかけた。

「お話まとまったみたいですね。砂まみれですから、脱衣所じゃなくてここで脱ぎましょう」

そう言いつつ服をめくろうとするので、慌てて身を引く。

「ち、ちょっと待って」

珊瑚が必死の攻防をしているかたわら、もう一人の双子も翡翠の服を脱がそうと奮闘《ふんとう》していた。シャーッと牙《きば》を剥《む》いて威嚇《いかく》されるも、ひるまずに取りついている。彼らは砂だらけの珊瑚と翡翠をどうしても風呂に入れたいらしい。

琥珀が呆れた顔でそれを見ていたが、小さな溜息と共に言った。

「お前ら、風呂に入ってこい」

「冗談じゃねえ、イヤっすよ！」

とたんに食ってかかった翡翠に、琥珀は真面目な顔になった。

「翡翠。長期の戦場で弾丸よりも怖いのは？」

「……感染症」

「二人とも地下で淀《よど》んだ廃水溜《はいすいだ》まりに浸《つ》かった。崩落で切り傷もあるだろうし、清潔にしておけ」

それを聞いて、琥珀はやっぱり翡翠の相棒である前に「先生」なんだなと珊瑚は思った。反抗していた翡翠が、渋々ながらも風呂を了承する。

「まあ、琥珀さんがそう言うなら」

珊瑚はカナリアをアルイに預けた。さっきまでなついていたくせに、あっさりとアルイの懐《ふところ》に潜り込んでいく。愛着が湧き始めていたのでちょっと寂しい。

「俺はこの男と隣室にいる」

琥珀はアルイと共に「湯上がり室」へと移っていった。三人同時に風呂に入るなんて危険なことを彼がするはずはないし、自分は隣でアルイを見張るつもりだろう。

翡翠と珊瑚だけが取り残されると、双子がじりじりと迫ってきた。すでに両手が服を脱がせる形になっている。

翡翠がしっしっと手で追いやった。

「ガキの手伝いなんかいらねー、一人で入るからな」

「えー、でも」

「あっち行け！」

翡翠係の方は不承不承という顔で引き下がったが、珊瑚の服を脱がそうとしていた方はしぶとかった。全裸にはなりませんし、とか、マッサージや脱毛はどうですか、などと勧めてくるので必死に辞退する。

「何が恥ずかしいのか分からないです。それが僕たちの仕事なのに」

「ぶ、文化の違いだと思ってね」

国や地域によっては蒸し風呂でおしゃべりを楽しんだり、赤の他人と同じ湯船に浸かったりするようだが、毎日をほぼシャワーで生きてきたアメリカ人には敷居が高い。

双子の片割れはしばらく考え込んでいたが、やがて名案を思いついた顔で手を打った。

「じゃあせめて、浴槽に薔薇の花びらを浮かべましょうか」

「勘弁して下さい……」

何とか彼を遠ざけて、ついたての陰に逃げ込んだ。おそるおそる腰巻き一つになり、中央の浴槽に身を沈めてみる。双子が壁際からじっと見守っているのが落ち着かないが、湯に浸かるというのは案外に気持ちがいい。

しかも、ここは温泉のようだ。燭銀街の近くに火山はないから、地下水が地熱《ちねつ》で温められた非火山性温泉というやつだろう。生まれて初めての体験だ。

翡翠はと見れば、水風呂から上半身だけ出して乱暴に頭を洗っている。くつろいでいる様子は全く無いが、彼が側にいてくれるのは安心できる。

何だか気が緩《ゆる》んでしまった珊瑚は、浴槽の縁に後頭部を預け、天窓を見上げた。

（夢、見てんのかな……）

大量の屍体を見た後で砂に埋もれかけ、腐った水に落ち、なぜか豪華なスパでくつろいでいる。次はいったい何が待っているのだ。

気がつくと大浴場から翡翠の姿が消えていた。水風呂だけでさっさと上がったらしく、双子も一人減っている。

そうだ、のんびり温泉を楽しんでいる場合ではない。ここへは仕事で来たのだ。

温泉からあがると、双子の片割れから脱衣所に連れて行かれた。どうぞ、と差し出されたのは、ゆったりしたアラブ服だ。困惑して尋ねる。

「ええと、僕の服は」

「臭かったのでゴミ箱行きです」

きっぱり言われて、乾いた笑いしか出なかった。洗ったところで二度とは着られないと思っていたが、断りもなく捨てられるとは。

まあ、こんな民族衣装を着る機会もそう無いかと思い直し、素直に身につける。双子の指導で頭布《クーフィーヤ》も装着すると、アラブ人になった気分だ。

裾《すそ》をさばくのに苦労しながら湯上がり室に移動すると、翡翠も民族衣装に着替えさせられていた。不機嫌絶頂みたいな顔でスパスパ煙草を吸っているのに、ついつい笑ってしまう。

彼も問答無用で服を捨てられたらしいが、珊瑚の服と違って身軽そうだ。頭の布も垂らすのではなく巻くタイプだし、ベストを着けている。これはどこの国のものだろう。

黙って控えていたアルイが琥珀に言った。

「あなた様にもお着替えの用意が――」

「いらん」

電光石火で断られると、アルイは素直に引き下がった。

常にガンホルダーを装着している琥珀が借り物の服など着るはずがない。双子は不満そうだったが、アルイにならってか何も言わなかった。

やがて、医者だという男が連れてこられた。

これもアラブ服を着ており、アンティークと思われる革製の医療鞄《かばん》を携《たずさ》えている。

「頭を打ったというのはこちらの方かな」

翡翠は渋ったが、やはり琥珀に諭《さと》されて簡単な診察を受けることを了承した。脈を取られながらも煙草は吸い続けているのは、ささやかな抵抗らしい。

医療鞄から取り出された器具はプラスチック製など一つもなく、真鍮《しんちゅう》製か陶製《とうせい》のアンティークだ。珊瑚が興味津々《しんしん》で眺めていると、医者が彫刻入りの薬箱を開けて見せてくれた。

「アラビアの医学の結晶ですよ。眼病に効く驢馬《ろば》の蹄《ひづめ》、肺病には鰐《わに》の胆汁《たんじゅう》、頭を打ったこの男性には、乾燥させた柘榴《ざくろ》と雌狼《めすおおかみ》の目玉を混ぜた膏薬《こうやく》を処方しましょう」

その言葉に翡翠がギョッとして身を引くと、医者はニヤッと笑った。

「大丈夫です、アラビアの魔法を信じなさい」

さっき医学と言ったくせに、いつの間にか魔法になっている。珊瑚は少々呆れてしまった。

「失礼ですが、これ、その辺で売ってる漢方薬ですよね。あと、こっちはドラッグストアで買える抗生物質。アンティークな入れ物に詰め替えてありますけど」

とたんに医者はムッと顔をしかめた。

「何だ君は失礼だな」

「あと、あなたアラブじゃなくてイタリアの方ですよね。アクセントが……」

そう指摘された医者はプンプン怒り始めた。

「ノリが悪いな、全く。せっかく世界観に浸《ひた》ってたのに台無しだよ。はい、この人は正常、問題なし！　じゃあね！」

腹を立てて退室していった彼の後ろ姿を、宝飾店の三人は無言で見送った。翡翠がボソッと言う。

「あいつヤバくね？」

「医者としての腕だけは確かです」

アルイがうっすら笑った。何らかの含みは感じるが、まあ彼が言うなら大丈夫だろう。

それにしても、あの医者が使った「世界観」という言葉。

落水鬼のもとで働く人間はみな民族衣装のようだし、屍蠟の娼婦たちも華やかな衣装を着せられていた。何らかの舞台に無理矢理引きずり出されたような気がする。

アルイが言った。

「では、宴《うたげ》へご案内いたします」

さて、この狂気のお芝居の結末はどうなるのか。

そろそろ主役の登場だろう。


宴、と聞いたのでそれなりの場に通されるのだろうとは思っていた。

だが、想像以上だ。

「はー……」

案内された広間はアーチで取り囲まれ、壁は青いタイルに金の装飾、飾り窓には陶製《とうせい》の花柄透かし模様。天井は小さなドームが無数に集まって大きな丸天井を造っている。

だが宝飾店の三人が最も驚いたのは中庭だった。

アーチの向こう側に棕櫚《しゅろ》が植えられ、背景は美しい夜空。三日月までが浮かんでいる。

目を見張った珊瑚《さんご》は中庭に降りようとした。まさか地下にこんな広大な庭、ましてや夜空など、と焦《あせ》ってようやく気づく。これは、絵だ。

本物の棕櫚は手前の一列だけで、あとは夜空も三日月も全てタイルに描かれたペルシャ精密画だ。タイルが反射する灯りの作用で、実際の夜景のように遠近感がある。

アルイが説明した。

「いわゆるトリックアートです。ご主人様は土を掘り進めて本物の中庭を造ろうとしたのですが、地下水脈に当たって断念され、この中庭で我慢されています。そして腹立ち紛《まぎ》れに温泉を掘らせました」

「はあ……」

もう溜息しか出なかった。いったいどうやったら、地下にこんな建造物を出現させられるのだ。

寄せ木張りの床の中央に、色鮮やかな絨毯《じゅうたん》が重ねて敷いてあった。あそこが宴席《えんせき》らしい。勧められるまま三人が座ると、双子が黒茶と棗椰子《なつめやし》の盆、それに水煙草《みずぎせる》のセットを運んでくる。

「紙巻きねーのかよ」

翡翠《ひすい》が要求すると、双子はきっぱりと声を揃えた。

「さっき湯上がり室で差し上げたのが最後です」

そうか、翡翠は自分の煙草を水没《すいぼつ》させてイラついているのだ。

だが双子としては、この完璧なアラビアンナイト風の広間で紙巻き煙草など吸って欲しくないのだろう。湯上がり室までなら許すが、ご主人様がいらっしゃる場では言語道断とでも言いたげだ。

すると、アルイが懐《ふところ》から小さな辞書を取り出し、翡翠に差し出した。珊瑚が持っているのと同じ広東《カントン》語辞書だ。

「どうぞ」

「……あ？」

翡翠が戸惑っていると、アルイが辞書のページを一枚破りとった。

「煙草の葉を巻くのに、辞書の薄葉紙《うすようし》は最適です」

「マジ？」

さっそく水煙管セットから煙草の葉を手にした翡翠は、辞書の紙でくるくると器用に巻き、火をつけた。部首検索表が燃えていく。

「いいな、これ」

翡翠の満足度に反して、双子は不満そうだった。だが、お客様のおもてなしが私たちの仕事ですよとアルイにたしなめられ、シュンとしている。

「アルイさん、辞書はいいのですか」

「構いません。全て暗記しました」

その返事には舌を巻いた。

全く違う文化圏の生まれ育ちだろうに、難解な広東語の辞書を丸暗記してしまったとは。さすがに珊瑚もそんなことが出来る自信は無い。

アルイは懐で預かっていたカナリアを珊瑚に返そうとしたが、彼は戻るのを拒否した。最初からアルイが飼い主であったかのように肩に留まっている。

寂しさを覚えつつ黒茶をすすっていると、いったん席を外したアルイが何かを押してきた。

クッションの敷き詰められた台座だ。車輪がついている。

その上に鎮座《ちんざ》していた人物を見て、宝飾店の三人は一斉に目を見開いた。

「ザ――」

思わず立ち上がった珊瑚は、彼に呼びかけそうになり、慌てて自分の口を塞《ふさ》いだ。

ザール？

ハイヤームから見せられた写真とそっくりだ。とんでもない美青年で、服はペルシャの民族衣装、甘い微笑《ほほえ》み。そして何より、金とも緑ともつかない不思議な色の瞳。

ザールが落水鬼《らくすいき》なのか。

いや、彼が流砂河に入る前からここは自殺の名所だったはずだ。いったいどうして。

はてなマークを脳内でくるくるさせていると、翡翠が珊瑚の腕を乱暴に引いて座らせた。

「落ち着け。よく見ろバーカ」

「え……」

ザール本人かと思われたそれは、生きたものではなかった。

あの肌の質感。

服は本物のようだが、身体は微動だにしない。瞬《まばた》きさえも。

――屍蠟《しろう》か。

蒼白になっていると、琥珀が言った。

「蠟人形だ。屍蠟じゃない」

「慧眼《けいがん》です」

うなずいたアルイが、ザール人形をホストの位置に設置する。黙々と皺《しわ》や裾《すそ》などを直しているのが妙にシュールだ。

それにしても、これが蠟人形？

全く動かないから無生物だと分かるだけで、この近さで見ても人形とは思えない。髪の毛だけでなく睫《まつ》毛《げ》の一本一本まで植え付けられており、唇の細かな皺、爪の縁まで人間そっくりだ。

アルイが一礼した。

「こちらが、私の主人であるザール様です」

いや、いくら何でもそれは、と呆れていると、驚いたことにザール人形がしゃべった。

『初めまして、ザールでーす』

実に軽いノリの、若い男の声。

もうどこから突っ込んでいいか分からず珊瑚が呆気《あっけ》にとられていると、再び人形が声を出す。

『まっさか、あの流砂で三人とも生き残るとは思ってなかったよ～。俺、結構マジで砂ドバーッてやったんだけど』

しばらく誰も返事をしなかった。

落水鬼がサイコパスなのは確信していたが、これは予想以上にイカれている。どう対処すべきかさっぱりだ。

琥珀《こはく》がボソッと言った。

「不愉快だ。その無線機だけを置いて人形は消えろ」

それを聞いた珊瑚はようやく我に返った。

そうだ、人形が話すわけがない。服の下に無線機が仕込んであるのだ。おそらくは、どこかに仕掛けられたカメラでこちらを観察しながら。

『えっ、待って待ってよ、その俺人形、造らせるのに一年かかったんだよ？　俺の美しさを最大限に表してんのよ？』

無線機の向こうが本物のザールかどうかはまだ不明だが、何だか想像していた「パリ中の女性を虜《とりこ》にした、気品溢れるペルシャの王子様」とは全く違う。元々アレだったんだろうか。それともアレになってしまったのか。

アルイが溜息をついた。

「ですから悪趣味だと申し上げましたでしょう。主賓《しゅひん》の方々が嫌がっているのです、人形は引っ込めますよ」

『え〜』

ザールの抗議もむなしく、アルイはさっさとザール人形を退場させた。代わりにホストの位置に無線機を置く。

「ザール様はあなた方に興味津々《しんしん》で、子供じみた演出で気を惹きたいだけなのですよ」

『何か今日、アルイ俺に冷たくない？』

「貴方《あなた》に対してはいつも変わらぬ冷たさですよ」

『ひどいー』

そのやりとりを聞いて、双子がクスクス笑い出した。ザールとアルイの関係性が何となく分かった気がする。

琥珀が無線機に話しかけた。

「招いておきながら、俺たちの前に姿を現さない理由は」

『実は俺、ちょっと病気療養中で。ほら、元々すんごいハンサムでしょ、やつれた顔とか他人に見られたくないのね』

その割に元気そうな声だ。

とても信じられないが、ここで押し問答しても無駄だろう。閉ざされた地下空間で、宝飾店の生殺与奪権《せいさつよだつ》はザールに握られている。

『じゃ、宝飾店の歓迎の宴、はっじめっるよー』

そのザールの言葉に、珊瑚は息を飲んだ。

――ばれている。

宝飾店がハイヤームの依頼でザールを捜しに来たことを、この男はすでに知っている。琥珀は何も言わなかったが、翡翠と目を見交わした。油断はするな。そう伝えているようだ。

やがて、双子が次々と皿を運んできた。

薄くて平べったい麺麭《パン》、駱駝《らくだ》のチーズ、空豆のコロッケ、オクラのフライ、刻み野菜のライムスープ、そして色とりどりの熱帯果実。皿からこぼれんばかりに輝いている。

手を使って食べるのは慣れなかったが、どれも素晴らしく美味《おい》しかった。だがどうにも肉っ気が足りないな、と珊瑚が十代の男子らしく考えていると、双子が大皿をかかげてくる。

「カワラバトのグリルです。腹にモロヘイヤとカラス麦を詰め、二時間じっくり焼いております。麺麭に挟んでも美味しいですよ」

黄金色の脂したたる鳩《はと》に、珊瑚は目を輝かせた。たまらなく良い匂いに腹が鳴り、自分が凄《すさ》まじく空腹であることに気づく。今日は大冒険だったから当然だろう。

喜んで鳩に手を伸ばそうとした時だった。

唐突にザールが言った。

『さて、ここで珊瑚くんにクイズです』

「え？」

自分はまだ一度も名乗っていないのに、彼は珊瑚という名前を知っている。

宝飾店のことは調べ上げているらしいが、クイズとはいったい何のことだ。鳩を手にした琥珀と翡翠も、不審そうに無線機を見ている。

『モニタで見てたけどさ、流砂から逃れられたの、琥珀さんと翡翠くんのおかげだよね。君一人じゃ死んでたでしょ』

「……それは、はい。その通りです」

『俺はね、何らかの才能のある人だけをもてなしたいの。琥珀さんと翡翠くんは素晴らしい身体能力と判断力を持ってるよね、息もぴったりだった。だから二人になら鳩料理を提供してもいい。でも君はダメ』

珊瑚は思わず、無線機から鳩へと目を移した。

あんなに美味しそうなものを饗《きょう》されたのに、自分だけ食べてはいけないのか。そんな殺生《せっしょう》な。

さすがの翡翠も、おいおいそりゃねえだろ、と呟いている。

『だけどアルイが珊瑚くんを気に入ってんのよ、ヒカリゴケの暗号を解いたのは君が初めてだっつってね。彼に免じて、もし僕の出すクイズが解けたなら、どうぞ鳩を召し上がれ』

その言葉に珊瑚は希望が湧いた。

大学の専攻は神経生理学だったし、他の理系分野にもそこそこ詳しい。今は趣味で民俗学、社会学、語学を修《おさ》めている。スポーツ以外の雑学になら自信はある。

膝の上でこぶしを握りしめ、鳩を見つめた。

「がんばります」

『第一問。宋春燕《ソン・チュンイエン》は、どこにいる？』

――宋春燕は、どこにいる？

珊瑚は脳内でザールの質問をオウム返しした。

どこに、って、不気味な屍蠟の娼館《しょうかん》ではないのか。こんな屋敷を作らせたザールが、あの娼館を知らぬはずがないのに。どうにもつじつまが合わないが、やはりザールが落水鬼なのか？

その時ふと、娼館で違和感を覚えたことを思い出した。

何かがおかしいと引っかかった。だがその正体を見極める間もなく砂に飲まれそうになった。

（考えろ、考えろ）

そもそも、琥珀と翡翠はなぜあの場で頑丈《がんじょう》な飾り格子《ごうし》を外そうとしたのだろう。

春燕の遺体を回収して家族に届けるためかと思っていたが、まだザール捜索の途中だった。春燕に構う前に、まずザールを発見して生死に関わらず回収、そして余力があれば彼女も連れ帰るのがプロの常套《じょうとう》だ。

なのに二人とも、いったん車に引き返そうとするほど春燕にこだわった。さらし者にされた彼女が可哀想なんて情に流されるタイプではないのに。

琥珀と翡翠が食べる手を止め、じっと珊瑚を見ている。

――気づけ。

目でそう言っている。

おそらく、二人は珊瑚が気づけなかった何かにあの場で気づいた。砂に流されさえしなければ、自分もそれを知らされていたはずだ。

自分と彼らの違い。それは戦場での経験値だ。葬式でエンバーミングされた死体しか知らない自分と違い、彼らは死にたてだろうが死後数年だろうが山ほど見ているだろう。

つまり、彼らは春燕の死体に違和感を覚えた？

そう言えば、食卓を囲んでいた最初の屍蠟部屋に入った時、自分は無意識に手で鼻と口を塞《ふさ》いだ。死臭が濃かったのだ。

だが娼館ではそれをあまり感じなかった。

もしかして、あの娼婦たちのうち何体かは蠟人形だったのではないだろうか。

屍蠟と交互に並べられ、格子で隔《へだ》てられ、しかもあの暗さだと判別はつきづらい。琥珀と翡翠は間近で観察し、春燕が本物の死体かどうか調べたかった。それがザール捜索の手がかりになると考えたのだ。

珊瑚はふいに顔を上げた。無線機に向かってはっきりと言う。

「宋春燕は、ここではないどこかにいます」

『ふうん？』

ザールが面白そうに先をうながす。間違ってない方向のようだ。

「正確には、彼女は燭銀街《しろがねがい》ではないどこかにいるでしょう。家族や知り合いに姿を見られたくないはずだ」

『つまり、春燕は生きていると？』

「そのはずです。だって自分の蠟人形をご披露《ひろう》してくれたザールさん、あなたも生きてるんでしょう」

『俺のヒント、分かってくれたんだー』

「はい。さっきあなたは、僕たち三人に流砂という試練を与えた。だけどそれは殺そうとしたんじゃなくて、生き残るかどうか試したらしい。おそらく春燕もあなたに試練を与えられ、それをくぐり抜けた」

『死なせるには惜しい美人だったからねー。生きててよかったよ』

「地下にこんなお屋敷を建てるぐらいだ、資材建材を運び込むために、ここには廃鉱山《はいこうざん》以外の地上への出入り口があるはずです。春燕はそこから無事に脱出し、政略結婚させようとした家族から逃れるため、燭銀街を出た」

そうとしか考えられない。

万が一、捜索隊が流砂河に入った時のために蠟人形を用意し、本物の死体に混ぜて展示しておく。発見した捜索隊が回収しようとすると砂が流れ込んで何もかも飲み込んでしまう。

「捜索隊が全滅したならそれでよし、『流砂河に入ると二度と出られない』という噂が補強される。もし生還した捜索隊員がいたとしても、『春燕の死体を確かに見た』と報告してくれる。家族は春燕を完全に諦めるでしょう」

そして生還した捜索隊員が死者の陳列室のことをいくら説明しても、燭銀街の人々からは「やはり流砂河に入って頭がおかしくなった」と判断されるだろう。屍蠟の食卓に娼館、ミイラの麻雀《マージャン》、白骨の雑貨屋。正気の沙汰《さた》とは思えないからだ。

「また、さっきも言いましたが流砂の罠《わな》は春燕の蠟人形隠しであると同時に、迷い込んできた生者への新たな試練としての役割も担《にな》っている。もしザールさんのお気に召せば、こうして屋敷に招いてもらえる」

『ほほー。で、宴席《えんせき》で改めて殺す？』

「それはないと思います。アルイさんも言っていましたが、僕たちを殺したいなら崩落《ほうらく》の後で放置しておけばよかった。わざわざ招いて温泉にいれて、ご馳走《ちそう》まで提供してくれたのは、口止め料じゃないかと」

しばらく無線機は黙っていた。

珊瑚がハラハラして見守っていると、ようやく上機嫌な声がする。

『よし、第一問は正解にしてあげるね。鳩いいよ』

「——ありがとうございます！」

手づかみで噛みしめた鳩は夢のように美味しかった。

皮と肉の間に香辛料とバターが擦《す》り込まれており、肉汁を吸って膨《ふく》らんだ詰め物も蕩《とろ》けんばかりだ。ロンドンでアラブの串焼きを食べたことはあったが、これは段違いだ。まさか東の果ての地でこんな本格的なご馳走にありつけるなんて。

「やっべ、うっめ」

翡翠ももりもりと鳩を喰らっている。時々目を閉じているのは、きっと香辛料を確認しているのだ。

「翡翠、これは作れる？」

「無理。こりゃマジのプロが専用の厨房《ちゅうぼう》で作った味だ」

それは残念だ。

この鳩料理を提供してくれる「マジのプロ」が、アラブ人街で見つかるだろうか。しばらく夢に出そうなほどの美味なのに。

ふと、珊瑚は自分が当然のように地上に戻れるつもりなことに気づいた。

琥珀と翡翠がいる安心感もある。

だが一番の理由は、アルイから向けられる好意のせいだ。

「葡萄酒《ぶどうしゅ》か蜂蜜酒《はちみつしゅ》はいかがですか」

彼と目が合い、そう尋ねられた。

酒には強くないのでビールで充分なのだが、ここでバドワイザー下さい、と言おうものなら双子からお盆で殴られそうだ。素直にワインを頼む。

いつの間にか、楽師《がくし》の一団が壁際で音楽を奏《かな》でていた。

弦楽器《シタール》、琴、葦笛《あしぶえ》に真鍮《しんちゅう》の鈴。心地よい旋律《せんりつ》が、静かに広間に降り積もっていく。

(このドームのせいで、音が綺麗に反響するんだな)

天井を見上げた珊瑚は、カナリアが留まっているのに気がついた。葦笛が甲高《かんだか》い音を出すと自分もさえずり、アンサンブルを奏でる。小鳥屋ではお勧《すす》めされなかったが、実に美しい鳴き声だ。

鳩一羽をあっさり平らげ、珊瑚がそれでも物足りなさを感じていると、再び双子が大皿を運んできた。

「仔羊《こひつじ》のトマト煮込みのパイ包み揚げです。貴婦人のソースと共にどうぞ」

これまた聞くだけでヨダレの出そうな料理だった。貴婦人のソースが何だか分からないが、仔羊は好物だ。

だが、もちろん自分は——。

『じゃ、珊瑚くんに第二問』

珊瑚はがくりと首を落とした。

ですよね、と口の中で呟く。

『流砂河って、なに?』

流砂河とは何か。

最初に聞いたのは蛆子《うじこ》から。落水鬼はそこにいると言っていた。

そして駄菓子屋の老婆と図書館長。流砂河を忌《い》み嫌い、穢《けが》れの元だと恐れていた。

それに琥珀と翡翠から聞いた情報を合わせ、今日、自分が見聞きした事実と組み合わせる。

ワインを一口飲んだ珊瑚は、しばらく考えてから答えた。

「……一度入ったら絶対に出てこられない地獄、だったもの。そう思います」

すると無線機の向こうから楽しそうな笑い声がした。

『慎重だねー、いいよいいよ続けて』

「昔は錫《すず》の鉱山だった。それが廃山《はいざん》となり、流民《るみん》が住み着いた。彼らが一夜にして全滅したのは、おそらく有毒ガスのせいでしょう」

『そこまではみんな知ってるよね』

「はい。ですが僕は、廃坑《はいこう》から自然発生したガスではなく、軍部によって投下された毒ガスだったと考えます。戦時中のことですし、流民を使って生体実験をしたのかもしれません。今となっては証明も難しいでしょうが」

『そだね、俺もそう考えてる。逃げ口ふさいで、通風口から毒ガス投入しないかぎり全滅なんて無理無理』

琥珀は食べる手を止め、腕を組んでじっとこちらの話を聞いている。翡翠の方は遠慮無くバリバリと仔羊パイを食べ、うめーうめーと酒も飲んでいるが。珊瑚は注意深く続けた。

「死体は軍によって回収されたでしょうね、実験データが必要ですから。で、無人となった廃鉱山ですが、無人ゆえに再び地獄となりました」

普通、穴だらけになった鉱山が閉山になる時は、大きな竪抗《たてこう》は柵《さく》で囲い、小さな竪抗には蓋《ふた》をして、人が落ちないよう厳重に封鎖《ふうさ》する。山が丸ごと立ち入り禁止にされることも多いし、有害な廃水《はいすい》は閉山後もポンプ排出を続ける。

だが、何らかの理由でこの鉱山は閉山処理もされず放棄《ほうき》された。採掘《さいくつ》されていた時代を考えれば第一次大戦のどさくさだろう。

「おそらく、この廃鉱山は危険な落とし穴がそこら中にあるんです。でも住み着いた流民たちはそれを知っていた。はびこる熱帯植物も定期的に伐採《ばっさい》していたし、廃水は手動で運び出していた。要するに管理人だったんです」

だが、彼らがいなくなるとどうなるか。

熱帯植物があっという間に落とし穴を覆《おお》ってしまい、一般民には全く見分けがつかなくなる。廃水も溜まり、土砂崩れや流砂を引き起こす。近づくだけで危険な山と成り果てるのだ。

『でも、誰一人帰ってこないのっておかしくなーい？』

「僕もそう思います。ですが、もし廃坑の中が猛毒生物の巣になっていたらどうでしょう」

『……』

「さっきの白骨の薬屋、後ろの方にアルコール漬けになった毒蛇《どくへび》が並んでいました。おそらくあれは商品見本、本当は生きた毒蛇を販売してたんだと思います」

「え、マジ？」

翡翠が驚いた顔になった。琥珀もじっと聞き入ってくれているし、二人とも毒蛇屋は予想外だったのかもしれない。

「暗殺道具か何かでしょうね。きっと毒蛇を何種類も飼ってたんだと思います。人間が死に絶えた後、変温動物にとって心地よい温度湿度でそれらは繁殖してしまった」

「毒蛇は毒ガスで死ななかったのか？」

翡翠の質問に、たぶんね、とうなずく。

「毒ガスがまかれたのは冬だったんじゃないかな。蛇は冬眠で土の中に入れられていたから無事だったと思う」

ザールは何も言わない。

よし、この方向で合っている。

「この頃には、ここは流砂河と呼ばれ恐れられるようになっていた。そして十年前、ザールさん、あなたがやって来た」

燭銀街で流砂河の噂を聞いたザールは、地獄の穴に興味を持った。

そして情報を集め、流砂河は単なる危険な廃鉱山というだけでなく、毒蛇も巣くっていると予想した。おそらくは、生前の毒蛇屋を知る者から話を聞いたのだ。

「知らずに流砂河に入れば致命的だけど、毒蛇がいると分かっていれば対策は立てられる。あなたは秘密裏《ひみつり》に業者を雇《やと》って駆除《くじょ》させた」

『大変だったよー、駆除業者、毒蛇には強くても崩落《ほうらく》には弱くてね。何人も死んじゃった』

「その危険性に見合うほどの大金をちらつかせたんでしょう、ザールさんが」

『で、俺は何でわざわざそんなことしたのー？　毒蛇退治なんてさ』

「あなたが死んでみせるためですよ」

『――』

「ハイヤーム氏が、あなた以外の十二人の息子さんはおっとりしたボンボンばかりだと言っていました。使用人がそう評するぐらいですから、実際はかなり無能な、不出来な息子ばかりなのではないかと思います」

ザールの父親は息子たちの不甲斐《ふがい》なさにうんざりし始めた。

そしてようやく、母親の身分が低いからと打ち捨てていたザールを思い出す。優秀な成績で大学を卒業、世界を旅して見聞《けんぶん》も広い。呼び戻して跡継ぎに据《す》えることも可能だ。

「これは想像なんですが、本来の跡継ぎ息子は情報通である第二夫人の息子では無いですか？」

ザールは低く笑った。

『よく分かったね。ちなみに最初の跡継ぎだった第一夫人の息子を殺したのも第二夫人』

「なるほど。第二夫人は継子《ままこ》を殺してまで自分の息子を跡継ぎにした。なのに夫の目は優秀なザールさんへと向いている。彼女は再び継子殺しを企《たくら》み、優秀なザールさんを殺そうとした。世界中どこへ逃げても執拗《しつよう》に付け狙う。本人は跡継ぎになど興味が無いのに。そこであなたは一計を案じ、死んでみせることにした」

ザールはわざと周囲に「流砂河を見物してくる」と言い残し、ようやく毒蛇駆除が終わったばかりの廃山に消えて見せた。

ハイヤームがそれを確認し、ザールの葬式が出されると、やっと第二夫人も安心した。

「ザールさんは流砂河の最奥《さいおう》に住居をこしらえ、隠れ住むことにした。だけど、毒蛇はいなくても危険な山なのには変わりは無い。事故で落ちてくる人もいれば、自殺しに来る人もいる。そのうち屍蠟やミイラ化した人を目立つところに飾り、警告代わりに使うようになった」

『あれを見ると大抵の奴は腰抜かすね。自分が死にたいからって勝手に侵入しといて、他人の死体みたらビビるとかさー』

「その中で、恐怖のあまり狂ってしまった人だけが地上に返されたのではないですか？　流砂河の恐ろしい噂を広めるために」

ごくまれに流砂河から戻って来た自殺志願者が必ず発狂している理由。

それは、発狂したからこそ生きて帰れたのだ。

「あなたは他人の生死には頓着《とんちゃく》しなかった。だが、ジャーナリストだけは許さなかった。確実に殺していったと思います」

『そーそー。あいつらホントうざくって。駆除しても駆除してもわいてくんのね』

「そして、どんな理由かは分かりませんが、あなたはジャーナリスト以外の侵入者に対して『試練』を与えるようになった。生き残れば他の出口から安全に出してもらえる。そうですよね？」

するとと無線機からクスクスと笑い声が漏れた。

『いいの？　俺に対して「どんな理由かは分かりませんが」とか言っちゃって。それ第三問になっちゃうよ』

「——あ！」

しまった。

また敵に手の内をばらしてしまった。無線機から陽気な声がする。

『第二問は正解にしてあげる。仔羊パイどうぞ～』


第三問は難問だった。

『落水鬼って、何？』

ザールの正体。

彼はなぜ、こんな地下に住み着いたのだろう。

自らの死を偽装《ぎそう》するためだけなら、何も流砂河の毒蛇駆除なんてする必要は無い。替え玉の死体を用意するとか、目撃者多数の前で滝壺《たきつぼ》に飛び込んでみせるとか、いくらでもやりようはある。

だがザールはこの廃鉱山に住む必要があった。

そして自殺志願者に試練を与える必要も。

『三問目にして最終問題だよ。これ難しいだろうから、珊瑚くんだけじゃなくて仲間と一緒に考えてみて。正解したら、三人にスペシャル宴会料理を出させるよ』

そう焚きつけられた珊瑚は勢い込み、琥珀、翡翠と話し合ってもみたが、やはりさっぱりだ。

どれだけ頭を振り絞《しぼ》ってもザールの目的が読めない。おかげでせっかくの仔羊パイも楽しめない。

　翡翠が辞書の「氵《さんずい》」のページで煙草の葉を巻きながら言った。

「要するにザールの野郎は完全に頭イカれてるってことでいいんじゃね？　金持ちがヒマ持てあましてアラビアンナイトごっこしてんだろ」

『翡翠くん、俺に酷《ひど》くないー？』

「うっぜ、語尾伸ばすんじゃねーよクソが」

　ホストに対してえらい暴言もあったものだが、翡翠がイラつきたくなるのも分かる。あれだけの材料で最終難問に答えろだなんて、無茶な要求だ。

　アルイが言った。

「これから少しずつ、お客様が増えてまいります。賑《にぎ》やかになりますが、よろしいですか」

「えっ、あっ、はいもちろん」

　まさか、自分たち以外にも客が招かれていたとは。宝飾店の三人だけかと思い込んでいた。

「どなたも、この屋敷に逗留《とうりゅう》されている方々です。きっと彼らは、最も新しい訪問者であるあなた方に興味津々ですよ」

　この屋敷に逗留している客？

　それは、つまり。

「あの……他のお客さんも生き残り試練をくぐり抜けた方々ですか」

「左様《さよう》でございます」

ザールは、特別な才能を持った人じゃないと宴に招きたくはない、と言っていた。だとしたら、琥珀や翡翠のように強い男たちなのだろうか。

だが一人、また一人と増えた客人は老若男女《ろうにゃくなんにょ》さまざまだった。やはり民族衣装で、人種も年齢も幅広い。小学生ぐらいに見える子供や、総白髪《そうしらが》の老人、さっきの奇天烈《きてれつ》なイタリア人医師もいる。それぞれ数人ずつで絨毯に輪を作り、ザールの無線機を回してはおしゃべりし、宴席を楽しんでいるようだ。

おそらく、ザールの言う特別な才能は身体能力だけではなく、知能やその他の技能も含まれている。でないと、子供や老人が生き残れるはずはない。

「アルイさん。彼らが試練をくぐり抜けたのは、いつ頃ですか」

「一ヵ月前の方も、五年前の方もいらっしゃいます」

「まさか、五年前の人はずっとここに住んでいるんですか？」

「左様でございます。――ちなみに、宋春燕さまは二年間、屋敷に滞在なされました」

これでさらにワケが分からなくなってきた。

自殺志願者が流砂河に入ってくる、ザールから生き残り試練を与えられる、それをくぐり抜けた特別な才能を持った者たちはしばらく屋敷に逗留し、やがて別の出口から安全に出ていく……。

そもそもなぜ、死にたいとまで思い詰めた者たちが考え直して生きているのだろう。しかもこんな地底の奥底で。

珊瑚が腕を組んで必死に考えるかたわら、翡翠は三問目を完全に放棄して飲み食いに励《はげ》んでいた。客が増えて忙しそうな双子を捕まえ、もっと酒持ってこい、などと絡んでいる。

琥珀は黙り込んでいたが、ふと顔を上げた。

「アルイ。ここはもしかして昔、軍港の施設じゃなかったか」

それまで常に穏やかだったアルイの顔に、初めて驚きの色が表れた。

「お気づきになられましたか」

「ヒカリゴケの迷路の中で方角と距離を測っていた。位置的に海に近いはずだ」

「あの迷路で？　まさか自分の歩幅と感覚だけで……」

「大体だがな」

さすがに珊瑚も驚いた。

琥珀はあの暗闇で、火薬を少しずつ撒《ま》きながら自分の歩数まで数えていたのか。

「へー、さすが琥珀さん」

と、気絶して運ばれていた翡翠が呑気《のんき》に言う。双子から上等のウイスキーを瓶《びん》ごとせしめて上機嫌のようだ。

琥珀は高い天井を見上げた。

「こんな大規模な地下施設を、人知れず造れるはずがない。元からあったものを利用したんだろうと思ってな」

「左様でございます。元は司令部、弾薬庫《だんやくこ》、武器庫でございました」

通常、そのどれもが爆撃を恐れて地下に造られるものだ。正確な地点は極秘にされ、存在さえ表に出ないこともある。

燭銀街は複雑な歴史上、領有権が各国で入り乱れてややこしいことになっている。表沙汰に出来ないまま放棄された軍事施設も多いそうだし、その一つだろう。

「ザールさんは、廃鉱山と軍事地下施設を地下道でつないだんですね……」

まさか燭銀街の地面の下にこんな世界が広がっていたなんて。珊瑚が素直に感心していると、双子に運ばれてきた無線機が脳天気な声をあげた。

『何々、俺の話ー?』

「琥珀さまが、この屋敷の前身にお気づきになられました」

琥珀が歩幅で屋敷の位置を特定したことをアルイが話すと、ザールが口笛を吹いた。

『おにーさん、すげー人だね。じゃ、その才能に免じて三問目のヒントあげる。――双子、おいで！』

ザールに呼ばれ、忙しく給仕していた双子がバタバタとやって来た。

「お呼びですか、ザール様」

『お客様に、君たち兄妹《きょうだい》の身の上話をしてあげて』

双子は顔を見合わせ、その片割れが話し始めた。

「僕たちがザール様に初めて出会ったのは……」

「そ、その前にちょっと待って」

珊瑚は思わず中腰になり、双子に向かって手を伸ばした。

「今、ザールさん、『兄妹』って言った？　『兄弟』じゃなく？」

『そだよ。男女の双子、珍しくないでしょ』

「いやいやいや、二卵性のはずなのにこんなにそっくりなわけは——じゃなくて、どっちが女の子だったの⁉」

さっき風呂場で世話をしてくれたのは一体どっちだ。自分と翡翠のどちら付きが、女の子だったのだ。

翡翠もさすがにあんぐりと口を開け、双子の顔を見比べている。

双子は再び顔を見合わせ、ニヤーッと笑った。お互いの手を取り合い、くるりと一周してみせる。

「どっちでしょう」

「えええええ」

自分はもしかしたら、年端《としは》もいかぬ女の子の前に裸をさらしていたのか？　前は隠していたはずだが、着替え中に尻ぐらいは見られたかもしれない。

そんな珊瑚の葛藤《かっとう》をよそに、双子の兄か妹かは語り始めた。

「僕たちがザール様に出会ったのは、二年前です。蛆子《うじこ》と呼ばれ、ゴミを食べていました」

――蛆子。

この、利発で可愛い子たちが蛆子だった？

「蛆子同士でも寝床争いは激しく、居場所がなくなった僕たちはとうとう、流砂河の近くまで来ました。自殺に来る奴がいたら追《お》い剝《は》ぎしようと思ったのです」

だが痩《や》せ細った子供の追い剝ぎは上手くいかなかった。逆に腹の決まった自殺者から大怪我を負わされたこともある。

意を決した二人は、流砂河に入ってみることにした。

死ぬためではない。人肉を漁《あさ》ろうと思ったのだ。

「ちょうど、胸に包丁を突き立てて死んだばかりの男がいました。僕たちは包丁を抜いて、それで肉を切ろうと思いました。でも包丁が抜けませんでした」

死後硬直か。

あまりに壮絶な話に、珊瑚はさっきから相づちさえ打てない。二年前というなら、この子達はまだ幼かっただろうに。

「苦戦していると、ザール様が来ました。僕たちの顔を見て、『双子？』と聞きました。『親がないから分からないけど多分そう』と答えました」

ザールは同じ顔の男女の双子、という珍しさが気に入った。一卵性と違い、二卵性双生児は普通の兄弟姉妹程度にしか似ない。だが彼らは奇跡的にそっくりだった。

「珍しさは才能だと、ザール様は言いました。それ以来、このお屋敷で働きながら勉強させてもらっています」

「読み書き計算と英語は覚えました。次は音楽を学びます」

そこで唐突に双子の身の上話は終わった。ぺこりと一礼し、またバタバタと給仕に戻っていく。

珊瑚は考え込んだ。

この話だけを聞くなら、ザールは単なる慈善家だ。身寄りの無い孤児二人を拾いあげ、教育を受けさせながら養っている。

だが、ザールは双子の話を「ヒント」だと言った。何かがあるはずだ。

他の宴席がどっと湧いた。カナリアが頭上で円を描いているのを見て、吉兆《きっちょう》だ、吉兆だと騒いでいるようだ。

ふと思いついた珊瑚は席を立ち、彼らに挨拶《あいさつ》した。

「こんばんは、珊瑚といいます」

さっきアルイは、他の客たちは宝飾店に興味津々だろうと言った。こちらから話しかけてもいいはずだ。

何人もが丁寧に挨拶を返してくれた。

「こんばんは、お若い方。私は哲学者です」

「私は馬の調教師です」

「トリュフ探しとお呼び下さい」

「ぼくは囲碁《いご》名人」

誰も名乗ろうとはせず、職業、もしくは特技か趣味のようなものをあげるだけだ。他の客たちも同様で、女性の一人などは「めっちゃ多産」と自己紹介した。

おそらく彼らは過去を語るのを禁じられている。彼らの「特別な才能」がここでの呼び名なのだ。

自分の席に戻った珊瑚は、ふと気づいてアルイに尋ねた。

「この屋敷にいる人はみんな、才能名で呼ばれていますね。双子は双子であることが才能だから、それが呼び名。でもアルイさんだけは違うようだ」

すると、彼はうっすら微笑んだ。

「どのお客様もみな、いずれは殻《から》を割って屋敷を出て行きます。ですが私だけは、ザール様の側《そば》でずっとお仕《つか》えいたします」

つまりアルイのみがザールの本当の使用人か。じゃあ他の客は何だろう。

ふと、珊瑚は気になった。

今、アルイは「殻を割って」と言った。長逗留の客が旅立つ時に、そんな言い回しをするだろうか。アルイの出身地で使う表現？　それともフランス語？

『ちょっとちょっと、アルイー。珊瑚くんに勝手にヒントあげちゃ駄目でしょ』

ザールがこう言っている。やはり今、アルイは何かヒントをくれた。

殻を割って。殻を割って。

琥珀が指摘した。

「珊瑚。さっきの扉の鳥が卵を持っていたな」

ハッと息を飲んだ。

そうだ、霊鳥《れいちょう》シームルグの卵。

死と再生の象徴《しょうちょう》。

「……思い出した。ペルシャ叙事詩《じょじし》の『王書《シャー・ナメ》』の中で、霊鳥シームルグが育てる人間の子の名前がザールだ」

ペルシャ系ではありふれた男子の名前なので、気にも留めていなかった。

だが、あの扉のシームルグはザールの象徴だったのだ。

「ザールさん、三問目の答え、いいですか」

『ほらーもー、アルイの馬鹿。珊瑚くんがピンと来ちゃったじゃん』

ブツブツ言う無線機に向かって、珊瑚は導き出した答えを述《の》べた。

「落水鬼は霊鳥シームルグ。死と再生をつかさどります」

ザールは自殺志願者の中で、特に才能溢れた者を選び出す。

与える試練が命に関わるとは限らない。料理だったり、囲碁だったり、それが高水準であることを示す証明さえ出来ればいい。

腕《うで》っ節《ぷし》が売りの宝飾店だからこそ流砂なんて無茶に放り込まれただけで、たとえば多産が売りなら産んだ子の数を示す出生証明書か何かがあればいいだけの話だ。

「ザール、あなたは人生に絶望して流砂河に来た彼らをいったん『死なせる』。過去の全てを捨て、生まれ変わらせるために」

『えー、俺ってすっごい慈悲深い人みたいだね』

「慈悲じゃないですよ、特に才能の無い人々の自殺は見過ごしてるんでしょうから。あなたはビジネスで彼らの死と再生をつかさどっている」

中には周囲の誰にも知らせず流砂河に入ってきた者もいるだろう。

だがザールはわざわざ、彼らの周囲に「あの人は流砂河に入っていった」との噂を流す。誰もが、その人物は死んだと思う。

「そしていったん死んだ才能ある人々を、あなたはここで再教育する。新しい人生を得るための」

彼らは人生に傷ついている。屋敷に逗留する間にそれを癒《い》やし、新たな知識や技術を得て、全く新しい名前と過去を与えられて出発していく。

『それでどうやって儲《もう》けだすの？』

「簡単に言えば人身売買でしょうね。古代ローマでは、哲学者の奴隷《どれい》は家庭教師として高額で売れた。料理人、医者の奴隷なんかも大人気だった」

自殺志願者は勝手にやってくるのだから、ザールは奴隷をタダで手に入れられる。それを再教育し、高額転売する。時間はかかるが儲けは出るだろう。

そして流砂河を拠点にした理由は二つ。

自殺志願者が集まることと、元軍港という地の利を生かして世界中にひそかに人を送れることだ。

「人身売買とはいえあなたは非道《ひどう》な売り方はしない。ちゃんと奴隷に売り先を選ばせる。名を変えて世界中に散らばっていった奴隷はあなたを恩人と崇《あが》め、人脈は広がってビジネスチャンスはどんどん増える」

言うのは簡単だが、難しい商売だろう。

まず才能ある人物を見抜く目、自殺するほど思い詰めていた彼らを立ち直らせる環境、そして長期的に教育をほどこす財力と忍耐強さ。どれ一つがかけても回らない。

「勝手な想像なのですが、奴隷のスカウトと販売はザールさんの担当、教育はアルイさんでは？」

『それも分かっちゃうのー？』

「いえ、あなたに教育係がつとまるとは思えないので」

『珊瑚くんまで俺に酷くない？』

なじられたが、否定しないということは正解か。

それまで黙って聞いてた琥珀が、ぽつりと聞いた。

「宋春燕はどうなった。教えられる範囲でいい、教えてくれ」

『うーん、普通は商品の行き先は絶対秘密なんだけどね。ま、今晩は特別だからちょっとだけ教えちゃう。彼女は今、ハルちゃんって呼ばれてる』

「ハル？」

『春燕の春って字、日本語だとハルって発音すんの』

つまり今、彼女は日本人か日系人に生まれ変わっている。この屋敷に滞在していたという二年の間に、日本語の猛特訓をしたのだろう。

『彼女は今、幸せ。詳しくは言えないけど、それだけはホント』

ザールの言葉を聞いて、琥珀はいったん、目を閉じた。ほんの少しだけ笑う。

「そうか」

ずっと気にかかっていたのだろう。わずか十七で死にたいと願うほど思い詰めた彼女のことが。

カナリアの歌が頭上から降ってくる。琥珀の顔は穏やかなままだ。

その彼の顔を見て、春燕のことは何も知らないけれど、珊瑚も少し微笑んだ。


三問目に正解したご褒美《ほうび》には、凄《すさ》まじい料理が出てきた。

五人もの料理人の手によって広間の中央に運ばれてきたのは、推定二百キロはありそうな駱駝だ。珊瑚がギョッとしたのはもちろん、さすがの琥珀と翡翠も驚いている。

『今宵《こよい》のスペシャル宴会料理は、詰めもの駱駝の丸ごと茹《ゆ》でーす。何と世界最大の料理としてギネス認定もされてるよ！』

頭も手足も尻尾《しっぽ》さえも、本当に丸ごと残っている。これを茹でられる鍋が存在するとは信じられない。

客人たちがぽかんとする中、料理人がマジックショーみたいに駱駝を切り分けた。駱駝の腹からはローストされた仔羊、その腹の中からは丸揚げの孔雀《くじゃく》、さらにその腹にはイトヨリ魚、最後にその腹に詰められていたのは、つるんとした綺麗な茹で卵。とんでもないマトリョーシカだ。

最後に出てきた茹で卵を銀の小皿に乗せ、アルイが高々と掲《かか》げた。

「今宵、最も幸せに騒いだ者に、ザール様がこの茹で卵と十万ドルを与えられます。ただし他の肉が全て食べつくされていることが条件です」

『皆のものー、食え！　飲め！　歌え！　踊れ！　幸せの卵は誰のものだ？』

ザールの煽《あお》りで広間は大騒ぎになった。十万ドルだ、目の色も変わるだろう。

まずは茹で卵以外の肉を平らげるべく、客人たちは我先にと駱駝や仔羊、孔雀へと飛びついていく。給仕の双子や楽団メンバーもお役御免《ごめん》で、好きに騒げと言われているらしい。参戦した彼らのおかげで、とんでもない量に思えた肉がどんどん減っていく。

酒も凄い勢いで消費されていた。

給仕がいないので各自が勝手に貯蔵庫から運んでくる。イタリア人医師が両腕を広げて歌い出せば、めっちゃ多産が合わせて踊る。哲学者が手拍子し、双子は飛び跳ねて笑う。

みんな幸せそうだった。

十万ドルに目がくらみ、獣の肉を喰らい、歌い踊る。生命力に溢れている。一度は死にたいとまで思い詰めた人々とは思えない。駱駝のコブのところを誰が食べるかで揉《も》めるなんて、今までの人生で想像もしなかっただろう。

いいな、と珊瑚は思った。

ザールは善人ではない。

ジャーナリストは積極的に殺しているし、才能が無い「ごく普通の」自殺者は見捨てている。

だが少なくとも、ここで騒いでいる人たちに新しい人生を与えたのは確かに彼だ。宋春燕は幸せだとザールは言った。今宵、最も幸せな者には十万ドルと茹で卵。幸せの卵は誰のもの。彼は幸せという単語を何度も使った。

彼は、自分が選んだ者には幸せを与えたい。ビジネスと言い切ってはいるが、それだけでは成り立たないはずだ。だからこうして、「奴隷」が楽しそうに騒ぐ。

珊瑚も宴を楽しむことにして、初めて食べる駱駝の肉を味わった。脂臭《あぶらくさ》いと聞いていたが、料理人の腕がいいのかさっぱりしている。棗椰子のソースと共にクレープに包むと美味い。

珍しく翡翠も酔っているようだが、彼が安心して酒を飲むのは琥珀がここは安全だと判断しているからだ。双子の片割れにやたらと懐かれているが、あれは兄と妹のどちらの方なんだろう。

琥珀は騒ぎから離れた壁際で、黙ってグラスを傾けていた。他人の動向を見渡せるところ、すぐに脱出できるところ、その位置取りは常と変わらない。気を抜いてはいないだろうが、表情は穏やかだ。

(何となく、琥珀とアルイさんって似てる気がする。何でだろ、雰囲気かな)

少々酔ってきた頭で珊瑚がそう考えた時だった。

アルイにそっと袖《そで》を引かれた。

「こちらへ」

うながされるまま広間を退出した。トリックアートの中庭を囲む回廊へと出る。

琥珀と翡翠が待っていた。さっきまで赤い顔でヘラヘラしていたはずの翡翠が真顔に戻り、辞書巻きの煙草を噛んでいる。

「あの、どうかしたんですか？」

「ザール様が、宝飾店の方々にだけ今宵の特別デザートを提供されたいそうです」

特別デザートだと？

戸惑いながら琥珀を見ると、小さく言われる。

「酔ってるか」

「そんなに。ちゃんとみんなの声は聞こえるし、特に問題ないよ」

能力は鈍《にぶ》ってない、殺意も敵意も感じない。そう伝えると、琥珀は頷いた。

「そうか」

ふと、気がついた。

そう言えば駱駝料理で客達を煽って以来、ザールは沈黙したままだ。あの大騒ぎの中、一度も彼の声を聞いていない。

棕櫚《しゅろ》の回廊を大回りし、アルイが三人を導いたのは、広間よりさらに数十メートルも下る隠し階段だった。

深海のように静まり返っている。アルイの掲げるランプだけが頼りで心もとない。

もと軍港施設の最深部にたどりついた。

奇妙な部屋だ。四角く清潔な実験室みたいで、中央に巨大な水槽が据えてあるのみ。そこに鯨《くじら》のようなものが沈んでいる。

アルイが唐突に言った。

「ザール様は先ほど、死去されました」

その言葉の意味を飲み込むのに、珊瑚は数秒を要した。

「……え？」

「もう長くは生きられないお身体でした。糖尿病からくる合併症《がっぺいしょう》で、目も見えず、字も書けず、ベッドから動くことさえ出来ず。達者なのは口だけでしたね、最期《さいご》の最期まで」

アルイの言葉が信じられなかった。

だって、つい数時間前まで元気に客たちを盛り上げていたではないか。何でもいいから幸せになれと、大金をちらつかせて偽悪的《ぎあくてき》にあおり立てていたではないか。

「美食家というのも罪ですね。世界中の美味しいものが食べたいからと放浪され、どんどん舌が肥えていき、流砂河の底に落ち着いてからは鯨飲馬食《げいいんばしょく》の毎日です。血も濁《にご》るというものです」

アルイの声が耳から耳へと抜けて行く。

水槽に沈む、真っ白い「何か」から目が離せない。

「あの方はご自分の死期を悟《さと》っておられました。最高の奴隷たちに囲まれ、最高の美食に溺《おぼ》れ、最期の瞬間には宝石が三粒、懐に迷い込んできた。幸せな人生だったとおっしゃっておられました。無線を通しての指示だけでも、結構ちゃんと仕事はされていたのですよ」

ようやく珊瑚の目が慣れてきた。

あの水槽の中にいるのは、信じられないほど太った男。

推定三百キロはあるだろう。首と手足に重しをつけられているのは、脂肪で浮いてしまわないためだろう。

「ザール様の遺言をお伝えします。――このたび僕は屍蠟になることを決心しました。脂肪をたっぷり蓄《たくわ》えたこの体が見事な蠟燭となってくれることを願い、後始末をアルイに託《たく》します。世界の終わりが来たならば、我が身を燃やして少しでも闇を照らせるように」

珊瑚は一言も声を発することが出来なかった。

太った男の死体は確かに、写真で見たザールの面影《おもかげ》がある。病気で人前に出られない体というのは本当だった。これでは自力で動くことさえ出来ないだろう。

琥珀も翡翠も無言だ。ただじっと水槽を見つめている。

ふいに珊瑚は思い出した。

落水鬼は水の底にいる。独りで死ぬのは寂しいから、誰かを引きずり込もうとする。

アルイが小さな小瓶を珊瑚に手渡した。

眼球が二つ。金とも緑ともつかない、不思議な色の虹彩《こうさい》だ。

「ザール様の形見です。こんな瞳は世界中に二つと無いでしょう。これをご家族にお返し下さい」

小瓶の首には紋章入りの指輪が装着されていた。おそらくはザールの家紋だろう。

屍蠟化を待つ水槽の前で、いったいどれほどの沈黙が続いただろう。

瞬《まばた》きもせずにザールの死体を見つめるアルイに、珊瑚はようやく声をかけた。

「あの……アルイさんはこれから、どうなさるんですか」

「私はザール様が立派な蠟燭になるのを待ちますよ。いま残っている奴隷たちの残務処理もありますし」

「……」

言葉が出なかった。

静かな微笑みを浮かべるアルイの横顔を、ただ見つめる。

「この人ね、凄《すご》く子供っぽくて寂しがりなんです。お父様に愛されなかったからでしょうかね。死んでからまで海の底に独りなんて寂しすぎるじゃありませんか、私がどこまでもお供いたしますよ」

軍港を抜けて地上に戻ると、太陽は真上だった。

燭銀街はいつも通りに騒々《そうぞう》しく、猥雑《わいざつ》で、恐ろしいほどのエネルギーに満ちあふれている。

極彩色《ごくさいしき》の地下宮殿から地上に戻った三人は、すぐに日常へと返った。

珊瑚はハイヤームにザールの眼球と指輪を渡し、見聞きしたこと全てを詳しく報告した。

「これが……ザール様……？」

「世界に二つと無い眼球だと、アルイさんはおっしゃってました。ザールさんと身近でいらしたハイヤームさんなら、お分かりになるかと」

「——分かります。あの方です」

ハイヤームは泣き崩れた。

ザールは実家を出てからずっと、家族ではなく使用人のハイヤームにしか連絡を取っていなかった。血縁とどれほど縁薄かったか、想像するにかたくない。

「流砂河はあと数ヵ月内に埋め立てられます。残務処理は全てアルイさんがやって下さるそうです。ザールさんは死後の世界をあちこち旅しているだろうと、そう伝えてくれと言われました」

「……ありがとうございました」

ハイヤームはザールの眼球と共に燭銀街を去った。もう一度、ちゃんと供養《くよう》をするそうだ。

それから七日後、珊瑚は燭銀街で一番大きな港にある、長距離バスターミナルに行った。

大陸中に国際線が出るそこは、バックパッカーの聖地となっている。大荷物をしょった若者でごった返しており、騒々しい燭銀街の中でもとりわけ喧噪《けんそう》に満ちた場所だ。

珊瑚は耳を澄ませた。

——いる。

カルカッタ行きの長距離バス乗り場で、珊瑚は二人の若者を見つけた。

アイスを手にした、ひときわ目立つ美貌の青年。

そしてカナリアを肩に乗せた長身の黒人青年。

珊瑚は大股に彼らに歩み寄り、軽く手をあげた。

「こんにちは、ザールさん、アルイさん。お見送りに来ました」

彼らはポカンと口を開いた。

どちらもラフなTシャツにジーンズ、足元にはバックパック。どう見てもただの旅行者だ。

「あのね、死を偽装《ぎそう》するのが専門のザールさんが死んで見せたからって簡単に信じられるわけないでしょう」

「えー……マジ？　珊瑚くん、ここまで来る？」

初めて聞いたザールの生の声は、無線機越しと同じく軽いノリだった。

写真と同じく恐ろしく美しい顔なのに、口調と表情のせいでそこらの若者と何ら変わりなく思える。

アルイもこの格好だと、普通の若者だ。神官にも見まごう、あの超然とした雰囲気は無い。

「どうしてここ、分かったのー？」

「友人を見送りに来たら、聞き覚えのあるカナリアの声がして」

もちろん嘘だった。

珊瑚は水槽部屋で、ザールの物凄く大きな『声』を聞いたのだ。

――あのデブの死体、頑張って頑張って探したんだよなー。騙《だま》されてくれるかなー、宝飾店。でも結構、俺に似てるよね？

――眼球もさあ、十年かかってようやく似たようなの見つけたし。これで第二夫人も諦めてくれると思うんだけど。

――あー、珊瑚くんビビってるビビってる。おもしれー、ハハハ。

ニセの死体が沈んだ水槽部屋を、ザールはモニタで観察していたようだ。

だが、『声』がダダ漏れだった。

まれに物凄く大きな『声』を発する人間がいて、ちょっとした呟きさえ聞こえてくる。精神

力がやたらと強い上に珊瑚と波長《はちょう》が合うと、『声』も大きくなるらしい。

今日、バスターミナルまで二人を追ってこれたのも、『声』をたどってのことだった。カナリアはただの言い訳だ。

ザールが困ったようにポリポリと顎《あご》を掻《か》いた。

「ハイヤームに言いつける？」

「そんなことしませんよ。見送りに来ただけです」

「ほんとー？」

「本当ですか？」

アルイも心配そうだった。こうして見ると、本当に普通の青年だ。

珊瑚は苦笑した。

「本当です。ただ、『死んだ』お二人がこの後どうするか気になっただけで」

アルイが少し笑った。

「私——俺はね、珊瑚さん。ニューヨーク出身なんだ」

突然ブロンクス訛《なま》りの英語に切り替えられ、珊瑚は驚いた。

これまでフランス訛りのアフリカ風英語を話していたのに、本当にいきなりだ。

「アメリカって国で、俺は黒人に生まれた。家族はみんな貧困のうちに死んだ。図書館に行きたくても入れてもらえなかった。死のうって思ってたら、ザールに会った」

図書館の前に座り込んでいたアルイに、ザールが気軽に声をかけてきた。最初は警戒していたアルイだが、ザールがあまりにも飄々《ひょうひょう》としているので、ついつい話し込んだ。数時間後、ザールは言った。

——君めっちゃ頭よさそうじゃん。俺と一緒に来る？

行く、とアルイは即答した。

ここでないどこかへ行きたかった。自分が自分でいられる場所へ。

以来、ザールとアルイはともに旅している。燭銀街もその通過点にすぎない。

ざわめくバスターミナルに、カルカッタ行きバスのアナウンスが入った。

ザールが軽く珊瑚に手をあげ、甘い笑顔を浮かべた。

「燭銀街で人脈いっぱい出来たし、むかつく父親とか第二夫人とかの目の届かない新天地でまた商売始めるわ。じゃあねー」

アルイも優雅に一礼した。再びフランス語訛りの丁寧な口調で言う。

「この王子は私のシームルグ。地の果てだろうとお供するつもりです。差別なんて無い国に、辿り着くまでね」

―密林宝石奇譚―

空飛ぶ鳥の心を、魚が知ることは無い。

根無し草《デラシネ》もまた、土に根を張った大樹《たいじゅ》の心を知ることは無い。永遠に。


「本当にそうでしょうか？」

ミシェーレが琥珀《こはく》に尋ねた。

「俺は知らん。学者に聞け」

そう答えたのに、彼は話を続けた。

「魚は水面《みなも》に映る鳥の影を見て、いったい何を考えるのでしょう？　浮き草は流れながら大樹を見上げ、自分たちが同じ植物であると理解できるでしょうか？」

だから知らんと言うに。

春まだ浅い、雨の夜のことだった。

あるタイ人政治家からの依頼を受けるかどうか、琥珀、翡翠《ひすい》、珊瑚《さんご》の三人で話し合っていると、突然、前触れもなくミシェーレ老が宝飾店ビルを訪問してきた。濡れた中折れ帽にいくつもの花びらが貼り付いている。傘《かさ》もささずに来たらしい。

彼は珊瑚が差し出したタオルには「メルシ」と言ったものの使おうとせず、思い詰めた表情でソファに座った。そしていきなり、鳥や魚や浮き草のポエムを呟きだしたのだ。これまで二度も依頼人を紹介してくれたのでむげには出来ないが、無駄話に付き合う義理は無い。

「存在論ですか?」

珊瑚に尋ねられ、ミシェーレは首を振った。かたい口調で言う。

「哲学ではなく私の覚悟の話です。今日は宝飾店に依頼をしに来ました。私を守って頂きたいのです」

「えっ、まじかよ爺さん」

翡翠が驚いているが、琥珀も内心、とうとうかと思った。

彼はこれまで、自分には差し迫った身の危険が無いので宝飾店に依頼したくても出来ない、と言っていた。この金持ちのフランス人はなぜだか宝飾店をやたらと気に入っており、依頼人を紹介するという行為を介して、関わりたがっていたのだ。

非常に怪しくはあるのだが、今のところミシェーレは紳士的な態度を崩さず、純粋に好奇心のみで宝飾店に近づいてきたように思える。『声』を聞く能力のある珊瑚も、彼から敵意を感じたことはないそうだ。

「そろそろ棺桶《かんおけ》に片足突っ込みかけてる年だろうし、遺産絡みのゴタゴタとかか?」

遠慮無く翡翠が聞くと、ミシェーレはゆっくりと首を振った。

「私に子供はおりませんし、死後、財産は全て慈善団体に寄付する手はずになっています」

「それでも現在、あなたが財産家であることに変わりはありませんよね。命を狙われる心当たりが？」

その珊瑚の問いかけも、彼は否定した。

「いいえ、現在の話ではありません。近い将来、私が危険に陥《おちい》るだろうとの予想からあなた方の護衛を欲しているのです」

「手短に頼む」

琥珀はそううながした。大概の老人の話はまどろっこしく枝葉《しよう》の多いものだが、依頼したいのなら依頼内容をさっさと教えて欲しい。

ミシェーレは軽く息を吐き、琥珀、翡翠、珊瑚へ順々に目をやると、決心したように言った。

「ある宝石を捜しに行きます。しかしそれはおそらく、危険な場所にあります。そこへ、あなた方についてきて欲しいのです」

――宝石？

しかも危険な場所にある？　いったいどういうことだ。

「何だ何だ、マフィアのお宝でもぶんどろうってのか」

からかい気味に言った翡翠に、ミシェーレは真顔で答えた。

「いえ、カンボジア王家にまつわる巨大な宝石が、アンコールの遺跡に隠されているとの情報を得たのです。それを捜しに行きたいのです」

真剣な目だった。

だが彼は、どこか諦めているようにも見えた。こんな依頼、引き受けてもらえるはずもないと思っているのだろうが、それも当然。

珊瑚がおそるおそる尋ねた。

「あの、まさか、今、この時期にカンボジアに行こうとされてるんですか……？」

「はい」

翡翠が立ち上がった。

「ばっか、思い切り内戦中の国じゃねえか！　爺さん正気か！」

珊瑚も心配そうに続ける。

「ご存じだとは思いますが、ロン・ノル政権とポル・ポト率《ひき》いるクメール・ルージュとの間で凄《すさ》まじい内戦中、そこにアメリカが大量の爆撃で農村部を壊滅《かいめつ》させたあげく撤退《てったい》、ソ連の後押しするベトナムとも激しく対立してお互いに殺し合ってるんですよ」

カンボジア内戦については燭銀街《しろがねがい》でも連日報道されている。東西陣営の代理戦争だったものがこじれにこじれ、歴史上まれに見るほど最悪の泥沼状態だ。ミシェーレも当然承知だろう。

ドサッとソファに腰掛けた翡翠は、煙草を挟んだ手をダメダメと振って見せた。

「クメール・ルージュは自国民を虐殺《ぎゃくさつ》しまくってるって話じゃねえか。フランス語が話せるってだけで、元宗主国の犬としてぶち殺されんだぞ、そこにフランス人のアンタがノコノコ行ってどうする」

「この情勢だと外国人退避命令も近いと思います。無謀《むぼう》すぎますよ」

翡翠と珊瑚から畳《たた》みかけられ、ミシェーレは少しうつむいた。膝の上のこぶしをギュッと握りしめる。

「……制止されるのは覚悟の上でした。しかし、それでも私は行かなければなりません」

彼の青い目は真剣だった。再び、三人の顔を順繰《じゅんぐ》りに見る。

「傭兵を護衛として雇おうともしました。ですが誰からも『老人を内戦の激戦地に連れて行くなど無理』と断られました」

「ったりめえだろ、クメール・ルージュに何人のアメリカ兵がぶっ殺されたと思ってんだよ。プロの兵士でさえあぶねーっつうのに、ド素人《しろうと》の爺さんなんか無理無理」

翡翠の言葉は乱暴だったが、ミシェーレを何とか止めようとしてのことだ。なかなか他人に心を開かない彼も、この老人のことはそれなりに気に掛けているらしい。

ミシェーレは少しだけ悲しそうに微笑《ほほえ》んだ。

「宝飾店からも断られてしまったら、もう他に頼るあては無さそうです。——では、夜分に失礼しました」

ソファから立ち上がり、中折れ帽を手にした彼に、それまで黙っていた琥珀は聞いた。

「なぜ、今なんだ？　その宝石とやらがどれほどの価値かは知らんが、カンボジア情勢が落ち着くまで待てないのか」

　するとミシェーレは固く目を閉じた。かすかに震える声で言う。

「今だからこそです」

　腕時計に目をやった彼は、デスクの隅の古いラジオに近づいた。スイッチをひねり選局する。

　やがて、あまり聞き慣れない言語のニュースが流れ出した。雑音がひどいが、かなり緊迫した様子だ。

「クメール語ですか？　カンボジアの公用語ですよね」

　珊瑚が尋ねると、ミシェーレは頷いた。

「カンボジア人有志による短波《たんぱ》放送です。すでに国外脱出した人々に向けて、情勢を詳しく伝えています。おそらく命がけの放送でしょう」

　彼は深く長い溜息をつき、手で目元を覆《おお》った。

「あちこちに点在する遺跡群の中でも、アンコール・ワットはすでにクメール・ルージュの軍事拠点となっています。アンコール・トムも占拠《せんきょ》されており、どちらも地雷に囲まれています」

　カンボジア内戦で地雷が大量に埋《う》められているのは琥珀も聞いていた。地雷の恐ろしいところは、非戦闘員を無差別に殺すことだ。老若男女、たとえ赤ん坊だろうと母の背で犠牲《ぎせい》になる。

「私が目指す遺跡はバンテアイ・スレイ、アンコール遺跡群の中でも北東に位置する小規模なものです。そこもクメール・ルージュに占拠されれば終わりです。彼らにあの宝石が渡ってしまえば、ポル・ポトはもっと力をつけるでしょう」

彼の声は切々と訴えた。青い目は怒りよりも悲しみに満ちている。

「私は人道主義者でも平和主義者でもありません。ただ、あの美しい遺跡が弾痕《だんこん》で穴だらけになったり、爆撃で吹き飛ばされるような事態を避けたいのです。アンコールは世界の人類の至宝なのですから」

人類の至宝か。

また大きく出たものだが、インドシナのどこかに密林に埋もれた遺跡があるとは、琥珀も聞いたことがあった。その素晴らしさは多くの西洋人を虜《とりこ》にしたそうだが、時期が悪すぎる。

琥珀はミシェーレの目を真《ま》っ直《す》ぐに見た。

「つまりあんたは、クメール・ルージュに発見される前にその宝石を持ち去りたいわけだな。最悪の内戦の最中に」

「はい。事態は一刻を争います。私は今晩の船で香港《ホンコン》へ発《た》ち、真夜中の飛行機でタイのバンコクに向かいます。そこで何とか人を雇い、カンボジア国境を越えてバンテアイ・スレイを目指します」

彼は中折れ帽に貼り付いた花びらを手で払い、白髪頭《しらがあたま》に乗せた。つばに手をかけ、三人に微笑んで見せる。

「では、ご機嫌よう。宝飾店の方々とお会いできて嬉しかったです」

今生《こんじょう》の別れの言葉だった。

そもそも老《お》い先短《さき》いであろう彼は、命を捨てる覚悟でカンボジアに向かうのだ。

翡翠が琥珀を見た。

「琥珀さん」

珊瑚も言った。

「琥珀」

琥珀は溜息をついた。立ち上がり、上着を羽織《はお》る。

「いいか、危険だと思ったらすぐに引き返す。あんたが嫌がっても無理矢理にでも連れ帰る」

ミシェーレが目を見開いた。何度か瞬《まばた》きし、半信半疑の顔で呟く。

「では……」

「護衛は引き受けた。俺たち三人がカンボジアに一緒に行く」


翌日、四人はタイの田舎町で驢馬《ろば》のひく荷車に揺られていた。

燭銀街から香港、そしてタイのバンコクに飛び、列車でカンボジア国境近くの街へ向かい、そこからは地元民に交渉して車を乗り継いだ。広々した空の下、舗装されない道が続く。喧噪《けんそう》の燭銀街や賑《にぎ》やかなバンコクと全く違う、のどかな光景だ。

強行軍の旅で老人には相当辛《つら》いだろうが、ミシェーレは弱音を吐かなかった。赤道近くの直射日光と荷車の揺れに耐えるよう、じっと目を閉じている。

琥珀は水筒《すいとう》を差し出した。さっきの町でココナッツ果汁を買ったのだ。

「飲め。脱水症状でもおこされたら困る」

のろのろと目を開けたミシェーレは、無言で水筒に口をつけた。ほんの数口ほど無理矢理のように飲み込むと、口元をハンカチで拭《ぬぐ》う。

「次の町まであと二時間はかかる。寝てろ」

彼が昨夜《ゆうべ》からほとんど眠っていないのは知っていた。まだカンボジア国境にさえ辿《たど》り着いていないのに、ここで倒れられても困る。だがミシェーレはゆっくり首を振った。

「眠くありません」

すると翡翠が荷車の隅をビシッと指さした。苛《いら》ついた声で言う。

「ばーか、眠くなくても横になって目を閉じてろっての。爺さん、このクソあちーのに顔色真っ白じゃねえか」

「稲《いな》わらを並べれば良いベッドになるでしょう。僕があなたの枕元に座って日影を作りますから」

荷車に積んであった稲わらの束を寄せ集めた珊瑚は、ミシェーレの腕をやんわりと握り、そこに横たわらせた。彼の顔が自分の影に入るよう、座る位置を調整する。

されるがままになっていたミシェーレは、口の中で「メルシ」と呟くと目を閉じた。その顔に、珊瑚が拾ったゴムの葉で風を送ってやる。

やがて、彼の頬にわずかながら赤みが差してきた。

「……やはり眠たくはならないのですが、気分が楽になりました」

「こまめに水分は取りましょうね。ここ、燭銀街よりも赤道寄りですし」

珊瑚の送る微風で、ミシェーレの白髪がそよいでいる。彼はゆっくりと目を開け、青い空、白い雲、揺れる扇椰子《おうぎやし》を見つめた。何かを思い出しているようだ。

「この空の色、カンボジアが近くなっているのが分かります」

「実際、近いしな」

オレンジ色の袈裟《けさ》を着た僧侶が列になって托鉢《たくはつ》し、子供たちは川に飛び込んで遊んでいる。すぐ隣の国で激しい内戦が繰り広げられているとは思えない、穏やかな風景だ。

「私が足手まといにならなければ、もっと速く移動できるのでしょうが」

「急いだところで、詳しい戦局が分からなければ動けない。焦《あせ》っても仕方が無い」

この中でクメール語が理解できるのはミシェーレだけだ。彼には現地民やラジオから情報を集めるという大役がある。体調は万全に整えさせなければ。

「それよりも、眠くないのなら今ある情報を出せ」

「え？」

「あんたが慌てて旅立とうとするので、詳しい事情も聞かずに俺たちはついてきた。自分の命を守りたいなら、必要な情報を全て俺たちに与えろ」

その宝石とやらにどんな由来があるのか、ミシェーレがそれにどう関わっているのか、宝飾店は何も知らされていない。死を覚悟してまでカンボジアを目指す理由が分からないのだ。

「……そうですね。長い、長い話になりますが、私とその宝石とのつながりをご説明しましょう」

空を見上げるミシェーレの青い瞳に、淡い憧憬《どうけい》が浮かんだ。長い時を生きてきた人間特有の、はるか昔を思い出す目だ。

「皆さんは、東洋のモナ・リザをご存じでしょうか」

「――東洋のモナ・リザ？」

芸術にはほとんど興味の無い琥珀でさえ、レオナルド・ダ・ヴィンチの名画『モナ・リザ』は知っている。だが、それに東洋のと冠《かん》されるものは聞いたことがない。

珊瑚が軽く手を挙げた。

「テレビで観たことならあります。アンコール遺跡の有名な天女像《デヴァータ》ですね？　考古学者マルローの盗掘《とうくつ》で有名になった」

「おお、さすがは珊瑚さん。五十年以上も昔の事件なのによくご存じで」

マルロー事件について、珊瑚が簡単に解説してくれた。

一九二三年、カンボジアがフランスの植民地だった時代、若きフランス人の考古学者マルローがアンコール遺跡群の調査を行うという名目でインドシナ入りした。

だが彼の本当の目的は、まだ調査の進んでいなかった遺跡の一つ、バンテアイ・スレイにある天女《デヴァータ》の浮き彫り《レリーフ》だった。『東洋のモナ・リザ』とも呼ばれる、神秘的な微笑みのその天女を遺跡から切り出し、売り飛ばそうとしたのだ。株式投資に失敗して破産寸前だったマルローは、五十万フランは下らないと皮算用《かわざんよう》していたらしい。

天女《デヴァータ》は哀れにも遺跡の祠堂《しどう》から剝《は》ぎ取られてしまったが、幸い、国外に持ち出される前に発見された。マルローは逮捕されて有罪判決を受け、天女はバンテアイ・スレイの祠堂に戻された。

「考古学者のセンセーが盗掘かよ」

肩をすくめた翡翠に、珊瑚は苦笑した。

「ところが事件はそれで終わらない。マルローは何と、この一連の事件を本にしたんだ。マルローをモデルにした主人公が、密林に埋もれたアンコールの遺跡から盗掘しようとする冒険小説だよ」

「ハァ?」

さすがに呆れ返った翡翠に、ミシェーレがうなずいて見せた。

「本当です。マルローの小説『王道』は大変な評判を呼び、フランスでベストセラーになりました」

自《みずか》らの犯罪をモデルにして本を出版するなど盗《ぬす》っ人猛《たけだけ》々しいにもほどがあるが、まあたくましいと言えばたくましい。琥珀は全く知らない事件だったが、半世紀経《た》った今でもマルローはフランスでとても有名なのだそうだ。珊瑚が説明する。

「そもそも考古学者ってのもただの自称だったマルロー青年は、盗掘事件の後で小説家として名を上げ、その後、義勇軍《ぎゆうぐん》やレジスタンスとして戦い、先のフランス大統領ド・ゴールに気に入られ、とうとう文化相の大臣にまでなった」

盗掘事件を起こして有罪判決まで受けた男がトントン拍子《びょうし》に大臣にまで出世するなど、凄《すご》い話だ。二つの大戦を経《へ》た激動の時代だったからこその、下剋上《げこくじょう》な人生だったのだろう。

ミシェーレが横たわったままクスッと笑った。

「マルロー氏はいまだご健在《けんざい》ですよ。フランス語新聞で、今は日本に滞在中、イセジングウという神道《しんとう》の神殿を訪ねたと読みました」

「はー、盗掘野郎が悠々自適《ゆうゆうじてき》の老後かよ」

「大臣としては有能な方でした。小説も未《いま》だに人気がありますしね。恥ずかしながら、私も大ファンでして」

「マルローのですか？　僕も二、三冊しか読んだことはありませんが」

「マルローの、というより、盗掘事件の小説『王道』の大ファンです。何度読んだか分かりません。熱帯の密林、埋もれた遺跡、現地部族との戦い、襲い来る熱病……マルローの文章には妙な熱気とエロスがありまして、若かった私は遙か遠いカンボジアに夢中になりました。そしてどうしても、マルローが盗もうとした東洋のモナ・リザを見たくなったのです」

少しだけ身を起こしたミシェーレは、水筒のココナッツ果汁で口を潤《うるお》した。

再び珊瑚の作る日影に身を横たえ、空を見上げて話を再開する。

「一九三〇年、マルローの小説に感化された二十五歳の青年ルイ・ミシェーレは、カンボジアを訪れます。それがこの、長い話の発端《ほったん》となります」


アンコール遺跡群は、九世紀から十二世紀にかけて建立《こんりゅう》されたクメール王朝時代の建造物だ。歴史の激動を経て忘れ去られ、やがて密林に覆《おお》われてしまったが、十九世紀半《なか》ば、フランス人の探検家アンリ・ムーアによって再発見された。

その冒険譚《たん》をワクワクしながら読んでいたパリ生まれの少年ミシェーレは、いずれカンボジアの密林に行ってみたいとのぼんやりした夢を抱いていた。

大学は東洋史を専攻したが、学者として食えるほどの才能があったわけでもなく、卒業後は公務員となった。パリ市の戸籍《こせき》課で毎日決まり切った仕事をし、時々、国立美術館の東洋美術コーナーを溜め息と共に眺める程度だった。

だがマルローの『王道』を読んでどうしてもカンボジアを訪れたくなったミシェーレは、思い切って市役所を辞めた。貯金をはたき、親からも借金をし、インドシナでアンコール遺跡の修復にあたっていた極東《きょくとう》学院の調査団に加わる。

壮大なアンコール・ワットをその目で見た時は、感激のあまり涙が出た。大樹に絡みつかれたタ・プロームでは、驚きで声も出せなかった。それほどに美しい廃墟の群れだった。

だが、お目当ての天女《デヴァータ》がいるはずのバンテアイ・スレイは訪れることが出来なかった。七年前のマルロー盗掘未遂事件以来、フランスの調査団は近隣の未帰順《みきじゅん》部族から反感を買ってしまい、近づけないのだそうだ。天女《デヴァータ》の浮き彫り《レリーフ》は無事に返還されたとはいえ、まあ当然だろう。また、マルロー事件がなくともカンボジアのフランスへの反感は高まりつつある時期だった。

カンボジア国王は隣接《りんせつ》するベトナムやタイから侵略《しんりゃく》される前にフランスに身を投げ出し、自《みず》ら望んで保護国となった経緯《けいい》がある。強国に挟まれた小国の苦渋《くじゅう》の決断ではあっただろうが、国王自ら西洋列強《れっきょう》に売国《ばいこく》したかのような取引は、カンボジア国民を怒らせた。王宮前の直訴《じきそ》に始まり、ミシェーレがカンボジアを訪れる五年前にはとうとう、フランス人役人が殺される事件まで起きた。

極東学院のメンバーたちは、ミシェーレに「気持ちは分かるが地元民を刺激するようなことはするな」と言い、バンテアイ・スレイへ行くのを制止した。その頃のミシェーレはクメール語を流暢《りゅうちょう》に話せるようになっていたが、バンテアイ・スレイ近隣の部族はまた別の言葉を使う。通訳が最低二人は必要だと言われた。

ミシェーレは焦燥《しょうそう》を感じながらも、他の遺跡の修復を黙々とこなした。アンコールの地にいさえすれば、いずれ東洋のモナ・リザに会うことも出来るだろう。

そうして一年も経った頃、ミシェーレに朗報《ろうほう》が飛び込んで来た。バンテアイ・スレイ近くでいがみ合っていた部族の一つが撤退し、比較的穏やかな部族の縄張りになったそうだ。

「金で買える奴ららしいぞ」

賄賂《わいろ》でどうとでもなると聞いたミシェーレは大喜びで、砂糖、酒、銃弾などを集めた。現金だけでなく貢《みつ》ぎ物があった方が話が通りやすいだろう。

幸い、その部族の村長は話の分かる人物だった。

熱心にバンテアイ・スレイの遺跡が見たいと訴え、現金と貢ぎ物を渡すと、遺跡に滞在することを許可してくれた。

さらにはクメール語が少し分かる少年も一人、ミシェーレの案内につけてくれた。ソクという蜂蜜採《はちみつと》りの名人で、密林を知り尽くしており、バンテアイ・スレイにもよく採取《さいしゅ》に行くそうだ。

小さなソクが鉈《なた》を振るい、棕櫚《しゅろ》や扇椰子、それに絡みつく蔓《つる》植物をかき分け進んだ。時々ミシェーレを振り返り、籠《かご》から蒸しバナナを取り出しては手渡してくれる。無口だが気の利く子だ。

やがて、密林が突然開けた。

緑に埋もれ、赤茶けた砂岩《さがん》の回廊が見える。

ミシェーレはしばし、呆然とそれを見つめた。女の砦《バンテアイ・スレイ》。ずっとずっと憧れていた天女がここに。

思わず走り出そうとしたミシェーレをソクが鋭く制止した。身振りも交え、崩れかけているので危ないと言う。

彼は回廊壁に絡みつく木の枝を伝って昇り、ミシェーレにも来いと手を振った。そこが安全な入り口らしい。

回廊を乗り越え、バンテアイ・スレイの中に入った。タ・プロームのように巨大樹に侵食《しんしょく》されているわけではないが、やはり熱帯植物がはびこっている。うっかり踏み抜くと落石《らくせき》を引き起こしそうだ。

ソクは籠から草の束を取り出し、火をつけた。白い煙をあげるそれを棒の先に挟み、足元を叩きながら進む。蛇避《へびよ》けだそうだ。

「ねえ君、東洋のモナ・リザと呼ばれる天女《デヴァータ》はどこだろう。それほどに美しいそうだけど」

ここはヒンドゥー教の寺院として建てられ、二つの回廊に囲まれた参道《さんどう》や経堂《きょうどう》があると以前の調査書で読んだ。天女《デヴァータ》は中央祠堂にいるはずだ。

ソクはミシェーレの言う意味がよく分からないようだったが、「女が見たい」と言い直すと、軽く頷いた。剝がれた敷石を乗り越え、並ぶ石塔を踏み越え、どんどん進む。浮き彫り《レリーフ》があるたびにドキッとしてそちらを見るが、半神半獣《はんしんはんじゅう》や鬼神《きじん》しか見当たらない。

「女」

ソクが崩れかけた祠堂を指さした。正面に、半ば蔓草に埋もれた像がある。

ミシェーレはしばらく、放心したようにその天女を見つめた。安易に近づくと壊れそうな気がして怖かった。

全てが柔らかな曲線で構成された天女だった。丸い撫で肩、豊かな胸、細い腰、ほっそりした指先はほのかに反《そ》り返り、花を摘《つ》んでいるかのような形をしている。清楚《せいそ》で可憐《かれん》な姿だ。

だがミシェーレがどうしても目を離せなかったのは、神秘的な微笑みだった。

ほんのりと笑みの形になった、肉感的な唇。エロスとタナトスが混在しているようでありながら、無垢《むく》のようでもある。

――彼女はなぜ微笑んでいるのか？

それが分からないからこそ、不思議と美しい。なるほど、東洋のモナ・リザと評されるだけのことはある。

ミシェーレは慎重に浮き彫り《レリーフ》を調べた。

確かに、七年前のマルロー事件で無残にも剝ぎ取られた痕跡がある。だが今はしっかりと接着され、その上から植物もはびこっている。少なくとも近年、人の手がかかった形跡《けいせき》は無い。

この辺りはフランスに未帰順の部族が多いため極東学院の調査や修復も全く進んでいない。天女は盗人の手から無事に取り戻されたはいいが、放置状態だったのだ。

こんなにも、美しいのに。

いや、こんなに美しいからこそひっそり微笑んでいるべきなのか。

この天女を詳しく調べて極東学院に報告すれば、ミシェーレの名もそれなりに上がるだろう。ボーナスだって出るかもしれない。

ミシェーレが浮き彫り《レリーフ》に夢中になっている間、ソクはせっせと野宿の準備をしていた。天女がよく見える位置の経堂で蛇避けの煙を焚《た》き、危険な動物の有無も調べる。

「虎はいない。でも蛇と毒ガエルに気をつけて」

そうだ、ここはアジアの密林だった。森の王である虎が闊歩《かっぽ》していてもおかしくないのだ。念のために拳銃を持ってきておいてよかった。

ソクは経堂の草を刈り、瓦礫《がれき》を片付け、どこからか水も汲《く》んできて、せっせと野営の準備をした。ほんの十歳ぐらいだろうに、実に頼りになる子だ。

その日はソクも一緒に泊まるというので、ミシェーレは慌てて断ろうとした。

「そんな、君みたいな小さな子を野宿させられないよ。暗くなる前に村に帰った方がいい」

「大丈夫。蜂蜜採りは七日ぐらいジャングルに泊まることもあるから」

「七日！」

両親のいない彼は祖父と共に蜂蜜を採り、少しずつ金を貯めているそうだ。学校に行くのが夢だという。

パリに生まれた自分は義務教育を当たり前に享受《きょうじゅ》してきたが、この小さな少年は危険な仕事をして金を貯めなければ学校へ行けないのだ。バンテアイ・スレイを離れる時は、彼に給金を弾《はず》もうと決めた。

ソクは密林から様々な食材を持ち帰ってきて、料理をしてくれた。小魚と茸《きのこ》は魚醤《ぎょしょう》で味付けしたスープに、餅米《もちごめ》はココナッツと共に竹筒《たけづつ》に詰めて蒸し焼きにする。なかなかに美味《うま》い。

だが、おやつにと差し出されたタガメだけはどうしても食べることが出来なかった。必死に首を振ると、ソクが不思議そうに言う。

「美味《おい》しいのに」

タガメは全てソクに押しつけ、ミシェーレは彼が村から運んできた揚《あ》げピーナッツに蜂蜜をかけて食べた。疲れていたので甘さが身に沁《し》みる。

食事を終えた二人は早々に寝ることにした。

ソクが普段から使っているという白い蚊帳《かや》が吊られ、地面には柔らかい苔《こけ》が敷き詰められる。

蚊帳には虫除《むしょ》けの香油《こうゆ》が染みこませてあるので、安心して寝て良いそうだ。

廃墟でこんな快適なベッドにありつけたことに感激し、ミシェーレがソクの両手を握って丁寧に礼を言うと、彼ははにかんだように笑った。二人は苔の上で寄り添い、すぐ眠りについた。

真夜中、ミシェーレはふと目を覚ました。

透《す》かし彫《ぼ》りの窓から月光が差し込んでいる。隣ではソクがあどけない顔で熟睡しており、ミシェーレはつい、微笑んだ。

今は何時ぐらいだろう。時計のねじを巻くのを忘れていたので止まっている。廃墟に響く甲《かん》高《だか》い奇妙な鳴き声は、カンボジアのどこにでもいる蜥蜴《とかげ》だ。

裾《すそ》を大きくめくらないよう気をつけ、蚊帳から出た。ふと、透かし彫りの窓から外を見て硬直する。


天女が踊っている。


浮き彫り《レリーフ》にそっくりの若い女が、月光を浴びてゆっくりとダンスをしているのだ。

しなやかに反り返った指先。

華奢《きゃしゃ》な足首で、鈴の輪がチリチリと音を立てる。

ミシェーレは慌てて目をこらした。

彼女が浮き彫り《レリーフ》から抜け出てきた存在ならば、元の壁は空っぽになっているはずだ。そんなことを考えてしまうほど、彼女は東洋のモナ・リザそっくりだった。だが月光がちょうど影になっており、浮き彫り《レリーフ》がよく見えない。

ミシェーレが思わず身を乗り出すと、足元で石ころが音を立てた。蹴《け》ってしまったらしい。

天女はピタリと動きを止めた。

そのまま静かに首を傾け、辺りに耳を澄ませているようだ。

その仕草もまるで人間ではないようだった。

優雅な角度で左腕を上げ、腰を落とし、片足は宙に浮いている。無理のある体勢なのに、彼女はそれで微動だにしない。

ミシェーレは息を飲んで見つめていた。

(人間だ)

天女が浮き彫り《レリーフ》から抜け出てきて踊るなど、幻想もいいところだ。

なぜ真夜中に女の子が一人でこんな遺跡にいるのかは分からないが、生きた存在であるのは間違いない。

彼女は何の異常も無しと判断したのだろう。緩やかに踊りを再開した。

普通の人間の動きではありえない遅さ。これがこの国の舞踊の特徴だ。西洋式ダンスは速さを追求するが、ここでは獲物を狙う猫を連想させる動きで、実にゆっくりと身体を動かす。

彼女が踊り続け、いったいどれほどの時間が経ったのだろう。蜥蜴の鳴き声ももう聞こえない。

月が傾きかけた頃、彼女はようやく両足を地面につけた。天女の浮き彫り《レリーフ》に向かって両手を合わせ、頭《こうべ》を垂《た》れる。

まるで夢を見ている心地だったミシェーレは、ハッと我に返った。

——名前を。

彼女の、名前を。

ボサボサの髪を手ぐしで整え、シャツをあちこち引っ張った。薄汚れた格好を少しでもマシに見せようとむなしい努力をした後、ミシェーレは経堂から外へ出た。

「今晩は、お嬢さん」

とたんに振り返った彼女は、驚愕《きょうがく》に目を見開いた。

声にならない悲鳴をあげ、一歩、後ずさる。

ミシェーレは慌てて両手を挙げて見せた。クメール語で丁寧に話しかける。

「驚かせて申し訳ありません、あなたの美しいダンスに見とれてしまい、ついフラフラと誘われ出てきてしまいました」

彼女はしばらく無言でミシェーレを見つめていた。警戒心に溢れた目で、いつでも逃げ出せるよう、足はすでにかかとを浮かせている。

「あなたは、フランス人？」

綺麗な発音のフランス語だった。この国でも地位の高い者や高等教育を受けたものは流暢に話すが、彼女もそうなのだろうか。こちらもクメール語から切り替えた。

「はい、ルイ・ミシェーレといい、アンコール遺跡群の調査団の者です。ですが、ここには調査ではなく、自分の希望でやって来ました。その東洋のモナ・リザに会いたくて」

「東洋のモナ・リザ……」

彼女の細い眉がしかめられたのが、月明かりでもはっきり分かった。嫌悪感もあらわに言う。

「あなたは、七年前に天女《デヴァータ》を盗み出そうとしたマルローの関係者？」

「いいえ、違います。――その、正確には彼が所属していた組織と同じところにいるのですが、僕は彼とは違います。遺跡を剝ぎ取って盗んだりはいたしません」

それでも彼女はなかなかミシェーレを信用しようとしなかった。真夜中に遺跡にいたのを、盗み出す算段のためだろうと思ったらしい。

ミシェーレは自分が天女に一目会いたくてはるばるパリからやって来たこと、浮き彫り《レリーフ》はこの遺跡の中にあってこそ微笑むのであろうから絶対に盗んだり傷つけたりしないこと、をとつとつと訴えた。その誠実さが功を奏したか、ようやく彼女は警戒心を解いてくれた。目を伏せがちに挨拶《あいさつ》する。

「私はリナ。王宮の踊り子です」

彼女は近くの村の生まれだが、幼い頃から踊りの才能を示したため、首都プノンペンの王宮舞踊学院に通うことになった。古典舞踊の踊り手として特訓を受け、祭事《さいじ》には神々へ舞を捧《ささ》げ、王家主催の宴《うたげ》があれば華を添えるのが仕事だ。今は里帰り中らしい。

「ここでダンスの練習をしていたのですか？　真夜中に一人で？」

「夜の方が涼しいので。それに幼い頃からこの遺跡で遊んでいたので、危険はありません」

「天女《デヴァータ》が石壁から抜け出てきたのかと思って、非常に驚きました」

「そんな噂が広まればいいとの思惑もあります。マルローにも腹は立ちますが、結局、金で手伝ったのは現地のカンボジア人ですから」

マルローは数人のカンボジア人を雇い、いくつかの浮き彫り《レリーフ》を遺跡から剝ぎ取った。六百キロもあった盗品《とうひん》をカンボジア人たちと共に運びだそうとしたところを逮捕されたのだ。

「盗まれそうになった天女が夜な夜な壁を抜け出て踊っていると噂が流れれば、この辺りの部族は非常に恐れるでしょう。精霊や呪いを信じていますから」

「なるほど、外国人に金で遺跡を売り渡そうなどという不届き者が二度と出ないよう、あなたは天女のふりをしているのですね」

「それと同時に、外国から盗人が来ないかの見張りもしています。せめて里帰り中だけでも」

そう言ったリナの目は真っ直ぐにミシェーレを見つめ、牽制《けんせい》しているかのようだ。やはり完全に信用されてはいないらしい。

夜明けが近づくと、彼女は一言もなく遺跡を去った。月明かりだけで充分に足元が見えるようだった。

「昨夜、天女《デヴァータ》に会ったよ」

日の出前に起きてきたソクにそう言ったが、不思議そうに首をかしげられた。獣の気配には非常に敏感な彼だが、害の無いものには反応しないのだろう。ぐっすり眠っていたらしい。

その次の夜も、リナは零時過《れい》ぎに現れた。ミシェーレを見ると軽く頭を下げただけで、一言もなく踊り出す。

最初は見物するミシェーレの存在が気になっていたようだが、やがて踊りに没頭《ぼっとう》したようだ。月を見上げ、ゆっくりと舞う。足輪の小さな鈴の音は、密林から聞こえる賑やかな蜥蜴や鳥の声に混じり、時々凜《りん》と響いた。

そんな逢瀬《おうせ》が七晩、続いた。

いや、逢瀬と思っていたのはミシェーレの方だけだろう。彼女は真夜中に現れ、黙って踊り、東の空が白む前に帰って行く。大した会話もしなかった。

だが、少しずつ心を開いてくれるのが分かった。ミシェーレがバンテアイ・スレイの浮き彫《レリーフ》りのスケッチを見せると、「絵が上手い」と感心した。

満月の夜、ミシェーレは彼女に頼んだ。

「あなたの絵を描かせて頂けませんか」

「……じっと座っていろと？」

「いえ、踊るところを。いつも通り天女の舞を見せて下さい。それだけです」

彼女はしばらく考え込んでいたが、やがて頷いた。

「では、どうぞ。踊る天女の怪異として、噂を広める材料になるかもしれない」

そんな理由ではあったが、彼女は許可をくれた。ミシェーレはその晩、満月が煌々《こうこう》と照らす遺跡で、踊るリナを何枚も何枚も描いた。

濡れたような黒い瞳を、しなる指先を、しなやかな身体を紙に写し取りたかった。

明け方が近づいた。

「私は今日、プノンペンの王宮に戻ります。里帰り休暇が終わるので」

「……そうですか」

薄々、予想はしていた。税金で養われている踊り手なのだ、そう長い休暇はもらえないだろう。

ミシェーレは何枚も描いたリナの踊る姿の中で、上半身だけの絵をスケッチブックから破り取った。我ながら上手く描けたと思うものだ。

「あなたのモナ・リザの微笑みを、僕なりに描いてみました」

「私はモナ・リザを見たことがありません。本物を知りません」

「本物の絵より、その天女像《デヴァータ》——東洋のモナ・リザにあなたは似ています。睡蓮《すいれん》よりも美しい」

彼女は首をかしげ、自分の似姿《にすがた》を眺めた。似ているかなあ？　という心の声が聞こえてきそうだ。ミシェーレがさりげなく送った美しさへの賛辞は完全に無視された。

まだ東の空は暗かったが、そろそろ早起きの動物たちが騒ぎ始めた。鳥や猿や色んな生き物が蠢《うごめ》き出す。

彼女はミシェーレに手を合わせ、丁寧に一礼した。

「ムッシュ・ミシェーレ。あなたは私が会ったフランス人の中で、もっとも静かな人でした」

静かな人、か。

ほとんど会話をせず、彼女が踊るのを眺めるばかりなのだから当然の評価かもしれない。

だが、ミシェーレは嬉しかった。リナから初めてもらった好意的な言葉だ。

名残《なごり》を惜《お》しみたいミシェーレを残し、彼女はあっさりと遺跡から去って行った。次の里帰りがいつになるか分からないと言っていたし、再び会える可能性は低い。結局、リナとソクは一度も顔を合わせることはなかった。

それからしばらく、ミシェーレはソクを助手にバンテアイ・スレイの調査を続けた。極東学院からの許可も得て、正式な学術調査だ。人手が足りないので一人でやってくれと言われたが、この遺跡を独り占め出来るのは好都合だった。

ミシェーレはたまに村に戻るだけで、ほとんど遺跡に泊まり込んだ。

米や野菜はソクが村から運んできてくれるし、肉も魚も密林から持ち帰ってきては料理してくれる。実に優秀な助手だったが、猿のような生き物を獲《と》ってきて干し、磨《す》り潰《つぶ》して蜂蜜と混ぜたものを飲ませようとするのにはまいった。

「猿の干物《ひもの》はちょっと……」

「体にいいのに」

薬獣《やくじゅう》だというその猿をソクは何匹も蚊帳の中で干した。村に持ち帰れば現金収入になるらしい。

猿のミイラに見下ろされながらも、ミシェーレは蚊帳の中で毎晩、リナを思って眠った。月光下で踊る姿が瞼《まぶた》に焼き付いていた。次に里帰りするのはいつなのだろう。

再会はほぼ諦めていた、そんなある日のことだった。

ソクが村に戻っていたので、ミシェーレは一人、シヴァ神の浮き彫り《レリーフ》の大きさを測っていた。するとと突然、リナがバンテアイ・スレイに飛び込んで来た。

「ムッシュ・ミシェーレ！」

彼女の姿はボロボロだった。

髪は乱れ、服はあちこち破れ、手足は切り傷だらけだ。誰かに追われているようだった。

「リ、リナさん、一体――」

彼女は密林の方角を振り返った。木々がざわざわと揺れ、鳥の群れが奇声をあげて飛び立っている。みしみしみし、との不気味な音も聞こえてくる。

「王宮の近衛兵《このえ》に追われています。象でジャングルをなぎ倒しながらこちらに向かっています」

「こ、近衛兵⁉」

何が何だかさっぱり分からなかった。

だが王族付きの兵に追われているということは、彼女は首都プノンペンから故郷のバンテアイ・スレイまで、必死の逃避行《とうひこう》をしてきたのだ。

「お願い、私と一緒に逃げて！　フランス軍に送り届けて下さい、フランス人が一緒なら信じてもらえる」

「ちょっと待ってリナさん、何が」

その時、銃声が響いた。

続いて象が猛々しく吠《ほ》える声。カンボジア人は虎より恐ろしいのは怒れる象だと言って、野生の象には決して近づかない。ましてや今迫《せま》っているあれが、軍用に調教されたものだとしたら——。

鳥と猿の大騒ぎはますます大きくなった。密林の木々が象に薙《な》ぎ倒されている。

ミシェーレは大事な研究ノートをリュックに放り込んだ。

猛獣対策で持ち歩いている銃を装塡《そうてん》し、予備の銃弾もポケットに入れる。右手にサバイバルナイフを持ち、左手でリナの手首を握った。

「こちらへ！」

二人でバンテアイ・スレイの遺跡を飛び出し、密林へ飛び込んだ。

ミシェーレはすでにこの辺りの地理は把握《はあく》しており、象から逃げるには川しかないと判断した。だが最も近い川まで十数キロはある。それまで逃げ切れるだろうか。

本当なら鉈で植物を切り裂いて道を作るのだが、追っ手に逃げ道を教えるだけだ。ミシェーレは傷だらけになりながら鬱蒼《うっそう》とした密林を必死に進んだ。

象の足音と怒れる鳴き声はどんどん近づいてきた。複数の人間の声も聞こえる。追っ手は二手に分かれ、こちらの挟み撃ちを狙っているようだ。笛と太鼓《たいこ》で連絡を取り合いながら迫《せま》ってくる。

リナが突然、前のめりに地面に倒れた。剝き出しの足を押さえ、唸《うな》り声を上げている。——蛇に噛まれた。

「動かないで!」

彼女の足首をつかんで固定したミシェーレは、鉈の柄《え》を蛇の後頭部に叩き込んだ。一撃で死ぬ。

それから彼女の皮膚に食い込んでいる蛇の牙《きば》を慎重に外した。咬傷《こうしょう》の周囲はすでに変色し始めている。

「大丈夫、死ぬような毒じゃない」

「知ってます、この蛇には子供の頃に噛まれたから。あの時死ななかったんだもの、大人になった今は平気」

　そう言って立ち上がろうとしたリナだったが、苦痛のうめき声と共にへたり込んだ。この蛇の毒でそうそう死なないのはミシェーレも知っている。――だが、死ぬほどに痛む。

「僕が背負って逃げます。その方が速い」

「でも」

「急いで！」

　ミシェーレは大事な研究ノートの入ったリュックを投げ捨てた。命に替えがたいと思っていた物だが仕方がない。リナを強引に背負う。

（軽い）

　そんな場合ではないのに、彼女の羽根のような軽さに驚いた。そして細く、柔らかい。まさに天女だ。

　ミシェーレは必死に密林を進んだ。もう目視《もくし》で補足されている。鉈を振り回してとにかく道を作る。川、川にさえ出られれば。

　だが背後から段々と複数の足音が近づいてくる。逆方向からは怒りに満ちた象の鳴き声もする。盛んに連絡を取り合い、こちらの逃げ道を断とうとしている。

　ふいに、耳元で破裂音《はれつおん》がした。肩が熱い。火傷《やけど》？

　恐怖で闇雲に進みながら、ミシェーレはようやく自分が撃たれたのだと気づいた。もう銃弾が届く範囲にまで追っ手が迫ってる。再び銃声。怒鳴り声。指揮官の止まれ、との警告。さもなければ――。

「リナさん、僕たちはここで最期《さいご》かもしれません。なぜ追われているのかだけでも、教えてくれませんか」

訳の分からない状況で追われているが、自分は今、夢にまで見た東洋のモナ・リザ、天女《デヴァーター》を背負っている。死に方としてはなかなか悪くない。

「近衛兵はなぜあなたを殺そうとするのです」

背中で息も絶え絶えの声がした。

「……カンボジア王室の至宝である宝石『空の涙』を持って逃げたからです」

――王室の宝石？

それを、一介の踊り子が奪って逃げた？

「王室は今、フランスの保護国である現状維持《いじ》派と、強硬な独立派の真っ二つで争っています。そんな中、独立派の王弟《おうてい》殿下が『空の涙』を売り払ってフランスとの闘争資金にすると言い出しました。独立反対派の国王陛下はそれを恐れ、ご自分の娘である王女殿下にひそかに『空の涙』を渡しました」

カンボジア王室が揉《も》めているのは、週に一度だけソクから届けられる新聞でミシェーレも知っていた。いつの間にか、そこまで情勢は逼迫《ひっぱく》していたのか。

「ですが王女殿下は王弟派に見張られ、どうしても外に出られません。そこで王女殿下の付き人でもあった私に『空の涙』を託されました。これを持って逃げ、フランス軍に保護してもらえと」

「ということは、あなたは今『空の涙』を持っているのですか？」

「はい、髪の中にしっかり結《ゆ》い止めてあります。最悪、どこかで髪を切り落として埋め、私は身体一つで逃げるつもりでした。追っ手の目をそらすために」

髪を。

こんなに美しい黒髪を切り落とすつもりだなんて。

宝石を持って逃げるなら、飲み込むのが一番手っ取り早い。よく麻薬や宝石の密輸でそんな話を聞く。

だがこの勇敢な女性は胃袋の中に宝石を隠しはしなかった。とっさの時にすぐさま取り出せないからだろう。

そして王宮の近衛兵が彼女を追っているということは、王宮はすでに王弟一派に押さえられているのだ。リナは命からがら脱出してきたに違いない。

それまで気丈だったリナの声が、嗚咽《おえつ》交じりになった。

「国王陛下だって好き好《この》んでカンボジアをフランスの保護国にしたわけじゃありません。全ては国民を守るためです。なのに王弟殿下は、兄上は弱腰だ、情けないと糾弾《きゅうだん》されて……宝石一つ売り払ったところで、フランスみたいな大国とどうやって戦うのです。無駄に国民を死なせるだけなのに」

「……」

その意見には賛成だった。

第一次大戦が終わってもヨーロッパ情勢はずっと不安定で、世界各国の植民地では独立の機運も広まっている。だがフランスがむざむざ豊かなインドシナ半島を手放すはずがない。カンボジアが反抗しようものなら、大軍を送り込んで徹底的に潰すだろう。

弾の掠《かす》めた肩が焼けるように熱い。

足には蔓草が絡みつき、はびこる植物で目の前さえよく見えない。

背後から銃弾が迫ってきた。象の重たい足音もすぐそこだ。

「そこの男と女、止まれ！　今すぐ止まらないと射殺するぞ！」

指揮官の怒鳴り声。もう二十メートルも距離が無い。

全身で息をしながらミシェーレは背後を振り返った。いくつもの銃口《じゅうこう》。こちらに狙いをつけている。

リナがミシェーレの首に抱きついて叫んだ。

「お願い、私の髪を切って！　宝石を持って、私は捨てて逃げて！」

「駄目だ、そんな」

そのとたん、彼女はミシェーレの肩越しにベルトに手を伸ばした。差してあった鉈を手にし、自《みず》ら髪を切ろうともがく。

「止めろ、リナ！　まだ僕は走れる！」

「私がおとりになるから、フランス軍に――」

とたんに、ミシェーレの視界がぶれた。

どさっと地面に倒れ伏す。足を、撃たれた。

リナを腕に抱き、後ずさった。象に乗った指揮官が悠然《ゆうぜん》とこちらに迫ってくる。

「面倒かけやがって。二人とも殺せ」

彼の命令でいくつもの銃口がミシェーレとリナに向けられた。象に薙ぎ倒された植物がむせかえるような匂いを発している。さっきまで大騒ぎしていた鳥も動物も、不思議と静まり返っていた。

ああ。死ぬ。

ミシェーレがリナを強く抱きしめたその瞬間だった。

ふいに、指揮官が象から落ちた。

声も無くドサリと地面に倒れ伏す。

続いて周囲の近衛兵たちも次々と崩れ落ちた。一言も発さず、糸の切れた操り人形のようにフッと力を失っていく。

ミシェーレはようやく気づいた。彼らはみな、短い矢で射られている。

近衛兵の一人が叫んだ。

「あそこだ！」

彼が指さした扇椰子の樹上に、緑色の何かが身を潜《ひそ》めていた。葉と蔓で身体を覆い隠し、枝の上から近衛兵を狙い撃ちしている。

近衛兵がそれを銃で撃つより早く隣の樹に飛び移り、また三人の兵士に射《い》かける。矢が刺さった兵士はみな、一瞬で気を失い倒れていく。

二十人近くいた近衛兵はあっという間に半数になった。

「待て、安易に反撃するな、あれはスウェン族のガキだ。毒矢を使う」

とたんに残った近衛兵は上着を顔や首に巻き付け、露出する肌を全て覆い隠した。さすがにカンボジア人近衛兵、密林部族との戦い方も心得ている。

（……誰？）

もしかして自分たちは知らぬ間に別の未開部族の地に入り込み、警告を受けているのだろうか。だとしたら自分もリナも危ない。

近衛兵の一人が緑の葉っぱに向かって叫んだ。

「こちらには銃もあり、毒矢など効かない象もいる。抵抗は止《や》めろ！」

そのとたん、葉っぱの固まりは枝の上で立ち上がり、かぶっていた蔓を取り払った。

その顔を見てミシェーレは驚愕する。

（ソク！）

幼い少年がたった一人、毒矢で王室直属の近衛兵と戦っている。おそらくミシェーレとリナが追われているのを見て、反撃の機会をうかがっていたのだ。

近衛兵はソクに向かって叫んだ。

「密林の部族ならよく知っているな、訓練された軍象に抵抗するな！　どれだけ恐ろしいか身に沁みて――」

ふいにその兵士は口をつぐんだ。

低い、うなるような音がする。何かを高速にかき回しているかのような、すりつぶしているかのような、不穏な音。

この怒りの声にはミシェーレも動揺した。

密林で怒った象より恐ろしい攻撃音はただ、一つ。

「ス、スズメバチ……っ！」

椰子に飛び移ったソクは、枝の上で煙をあげる松明《たいまつ》を掲《かか》げていた。子供の甲高い声で叫ぶ。

「スズメバチの巣をいぶり出した。お前らにはスズメバチが攻撃的になる匂いの種をぶつけてある。全部、お前らに向かうぞ。軍象なんか役に立たない」

それを聞いた近衛兵は蒼白《そうはく》になり、一秒で判断を下した。

「全軍撤退!」

彼らがきびすを返して逃げ出すのと、うなりをあげてやってきたスズメバチの大群に襲われるのはほぼ同時だった。凄《すさ》まじい攻撃を浴びた軍象が苛立ちで耳をはためかせ、大きな鼻を振り回している。

大きな悲鳴をあげながら近衛兵たちは逃げていった。途中、刺されて失神したのも何人もいるようだ。

ミシェーレはリナを抱き締めたまま、呆然とそれを見送った。

そうだ、ソクは蜂蜜採りの名人だ。各種の蜜蜂はもちろん、彼らの捕食者となりえるスズメバチの生態を知り尽くしているのだろう。人間さえあっさり殺せる恐ろしいスズメバチを、あんな小さな子が操《あやつ》るだなんて。

まだ放心しているミシェーレとリナに、ソクが言った。

「あいつらには悪い精霊が入った。もう駄目だ」

彼は十メートルもの樹上から軽く飛び降りてきた。

ミシェーレの銃創《じゅうそう》とリナの噛み傷を見ると、すぐに薬草を摘んできて磨り潰し、蜂蜜と混ぜて椰子の葉に塗る。二人の手当てをしながら、彼は少し残念そうに言った。

「これで悪い精霊を追い出す。本当は薬獣の粉があるといいんだけど、全部売ってしまった」

薬獣とはあの猿のミイラのことか。

死の危険から脱した実感がようやく湧《わ》いてきたミシェーレは、安堵《あんど》のあまり涙を浮かべて笑った。

「僕たちには薬草で充分だよ。ソク、本当にありがとう」

思わず彼を抱き締めて言うと、小さな戦士ははにかんだようにうなずき、再び真面目な顔になった。

「二人はどこまで逃げる?」

「最も近いフランス軍駐留地まで」

「分かった。場所は知ってる」

ソクは何一つ聞かず、密林を案内してくれた。彼は獣道を知り尽くしており、大人の目の高さでは捕らえられない逃げ道が分かるのだ。

ミシェーレはリナの肩を支え、撃たれた足を引きずり、時には地面を這うように進んだ。汗と泥にまみれ、巨大な毒虫に噛まれた手も大きく腫《は》れてきた。

だが、ようやくスズメバチの襲撃を振り切ったらしい近衛兵が態勢を立て直し、再び追ってきた。無線で連絡を取り合いながら迫る彼らを、なかなか引き離せない。

こちらがフランス軍に保護されることを目指していると、あちらも知っている。なので先回りされてしまうのだ。

「いったん、タイに逃げましょう」

ミシェーレはそう言った。カンボジア国内にいるからいつまでも追い回される。外国に逃げ、情勢を見て戻って来た方がいい。

ソクが近くの村から牛車《ぎっしゃ》を借りてきて、砂糖椰子の樹液《じゅえき》を詰める壺《つぼ》の中にミシェーレとリナを隠した。疲れ切っていた二人は甘い香りの中で泥のように眠った。

幸い近衛兵に見咎《みとが》められることなく北上した三人は徒歩で山越えし、タイの田舎村へ逃げ込むことが出来た。村長は熱心な仏教徒で、泥だらけで疲弊《ひへい》していた三人を快《こころよ》く家に泊めてくれた。

村長はいかにも訳ありの三人に何も尋ねようとせず、怪我の手当てをし、水浴びさせてくれ、新しい服や食事を提供《ていきょう》してくれた。村長の妻は特にリナに同情し、せっせと世話を焼いてくれる。

「カンボジア人は同じ仏教徒ですから」

彼らは本当に親切で世話をしてくれているようだった。ミシェーレが渡そうとした現金もかたくなに断り、仏の教えを守っているだけだと言った。

ここなら安心できそうだ。だが、グズグスしてはいられない。

(ことはインドシナ情勢に関わる。バンコクのフランス大使館に駆け込もう)

戦闘に道案内に大活躍だったソクとは、ここで別れることにした。彼の祖父に無断でとうとう外国まで連れて来てしまったのだ、早く戻してあげなければ。

「ソク、君とはいったん、ここでお別れだ。もう村に戻った方がいい」

ソクは少し悲しそうになったが、村に残してきた祖父のことも気になっていたらしい。黙ってうなずく。

ミシェーレは彼を強く抱き締め、約束した。

「僕は必ずバンテアイ・スレイに戻る。その時はソク、手伝ってくれ」

「うん」

返事をするなり、ソクはつむじ風のように去っていった。大人の案内をつけようと思っていたミシェーレは驚いたが、あの子にそんな手助けなど無用だと思い返す。

それから三日、村長宅で傷を癒《いや》したミシェーレとリナは、必ず礼をしに戻るからと言い置き、バンコクへと向かった。

だがそこにも王弟派の手先がうろついていて、大使館に近づけなかった。タイに逃げ込んだことに気づかれたらしい。

「この分だと、近隣諸国のフランス大使館は全て見張られているだろうな」

「……ごめんなさい、関係の無いあなたを巻き込んでしまって」

逃避行で面《おも》やつれした天女《デヴァータ》リナにそう言われたミシェーレは、笑顔で首を振った。

「とんでもない。天女が僕を頼ってくれるなんて、この上ない光栄だよ。少し離れた国で何とかフランス政府関係者に渡りをつけよう」

そこでミシェーレは、アジアに一人、頼りになる友人がいたことを思い出した。——彼なら。

「リナ。これから二人で燭銀街に行こう」


さっきから琥珀にはこの話の終着点がさっぱり見えなかったが、ようやく聞き慣れた地名が出てきた。

それまでメモを取りながら聞いていた珊瑚が言った。

「ではミシェーレさんとリナ嬢は、友人を頼って燭銀街へ行ったんですか？」

「はい。燭銀街で宝飾店を経営していたポール・サローです。大学時代の親友です」

——宝飾店。

まさか。

翡翠が口から煙草を外した。目を見開いて言う。

「えっ、もしかして宝飾店て、俺たちのビルか？」

「その通りです。ポールはあの宝飾店の初代オーナーです」

それにはさすがに琥珀も驚いた。

ミシェーレがやたら宝飾店に構いたがるとは思っていたが、オーナーの友人だったのか。どうりで懐かしそうにビルを見るわけだ。

「ポールは元貴族の家柄で、大変な資産家の息子でした。卒業後は世界中を旅する根無し草だったのですが、体裁《ていさい》が悪いというので親が宝飾店を経営させたのです」

「あんな街でかあ？」

「当時の燭銀街はまだイギリス領で、治安も良かったのですよ。あの頃から西洋人もたくさんいましたし」

確かに、燭銀街が魔窟《まくつ》とまで呼ばれるようになったのはここ三十年ほどのことらしい。様々な国が主権を主張し、分割統治し、あげく大戦のどさくさで主権が放棄された。要するに「どの国にも属さない」状態なので、世界中からうさん臭い人間が流れ込んできたのだ。

「今、宝飾店のビルに絡みついているあの大樹もまだそこまで大きくなかったですね。ですが、あの樹はビルが出来てから成長したのではないのです。当時からすでに、ビルの中から生《は》えていました」

「……中から？」

「百年以上前、あの樹は精霊が宿るとして祀《まつ》られていたようです。だがどんどん生長して邪魔になる。でも伐《き》り倒すわけにはいかない。それで、樹に覆い被《かぶ》さるようにビルを建てたのです」

「それは何とも雑と言うか、大雑把《おおざっぱ》と言うか」

珊瑚が苦笑すると、ミシェーレも微笑んだ。

「熱帯特有の大らかさなのでしょうかね。いずれ樹が生長して大変なことになるのは分かっていたはずですが、その時はその時と呑気に構えていたのでしょう」

ポールはその奇妙な樹木内蔵ビルを一目見て気に入り、買い取って店には『Deracine《デラシネ》宝飾店』と名付けた。世界中を旅した自分にふさわしい店名だと思ったのだろう。

だがポールはボンボンのわりに商才はそこそこあったようで、腕の良い中国人職人を雇い、オリエンタルなアクセサリーを作らせるとヒットした。当時のアール・デコ流行《ばやり》とも合致《がっち》したデザインは、西洋人に好まれたそうだ。

「お坊ちゃまのポールはお父上がフランス政財界に通じていました。彼に頼れば、誰か政府高官を紹介してもらえると思ったのです」

突然訪ねていったミシェーレとリナにポールは驚いたが、快く迎え入れてくれた。当時は一階が店舗、二階は事務所とリビングと寝室、三階がゲストルームとなっており、屋上のサンルームもすでにあったそうだ。

ミシェーレはポールに、リナのことを「東洋のモナ・リザだよ」と紹介した。美術書で天女《デヴァータ》の浮き彫り《レリーフ》を知っていたポールは、なるほど似ていると褒《ほ》め称《たた》えた。

ミシェーレと彼女がカンボジアから逃げ出してきた話を聞いたポールは、リナにまず『空の涙』を見せて欲しいと言った。

「『あまりにも信じがたい話で、せめてその宝石の実物を見ないと納得が出来ない』、彼はそう言いました」

頭からリナの話を信じていたミシェーレと違い、ポールは国の宝が一介の踊り子に託されたということに疑念を抱いたらしい。まあ当然の反応だ。

リナはしばらくためらっていたが、ミシェーレはポールが信頼できる人物であること、彼ならばフランス政府にコンタクトが取れることを再度説明し、説得した。

ようやく頷いたリナは、編み上げていた豊かな黒髪をほどいた。

小さな袋が器用に隠されており、二重になっている。

リナがその中から取りだしたのは、淡い青色の美しい宝石だった。金の台座に埋め込まれており、リナの瞳ほどにも大きい。

「『信じられない』。ポールはまずそう呟きました。偽物なのかと私が聞くと、彼は首を振り、『こんなに大きく品質のいいラタナキリブルーは初めて見た。なるほどこれは国の宝だ』と言ったのです」

聞いたこともない宝石の名だったが、カンボジアの特産品だそうだ。澄み切った空のような色で非常に人気があり、上質な物はサファイア以上の値段で取引されるという。

「リナは微笑んで私に言いました。『あなたの瞳の色にそっくり』と」

それを聞いた琥珀はミシェーレの瞳に目をやった。

年を取ると目の色があせてくる人間は多いものだが、彼の青い目は未《いま》だに美しく、空の色のようだ。見たこともないラタナキリブルーという宝石が目に浮かぶような気がした。

「王女がリナに宝石を託したのは、自分付きの侍従《じじゅう》や侍女《じじょ》が王弟派に丸め込まれていたからだそうです。そこでとっさに、最もお気に入りの踊り手だったリナに預けたそうです」

リナがマルローの盗掘事件にひどく腹を立て、王宮古典舞踊だけでなく、我が国の文化を積極的に保護すべきだ、と言っていたことを王女は覚えていた。彼女なら宝石を守ってくれるだろうと信じたのだ。

「すでに王宮が王弟に支配されているのならば、独立派が急激に動く可能性がある。急いでインドシナ総督府《そうとくふ》に連絡をしなくてはならないと、ポールはすぐに動いてくれました」

国際電話をかけに郵便局に行ったポールは、二時間ほどで戻って来た。フランス本国の父に連絡し、そこからインドシナ総督府の高官につなぎをつけてもらい、事情を説明した。

「あちらは仰天《ぎょうてん》したようでしたが、すぐに燭銀街《へんかん》に来ると言ってくれたそうです。王弟と独立派が蜂起《ほうき》する前に鎮圧《ちんあつ》し、国王に『空の涙』を返還する。そうすれば宗主国《そうしゅこく》と保護国という関係はしばらく保たれるでしょう」

ポールがあっさりと政府関係者に渡りをつけてくれたことに感謝したリナは、『空の涙』を再び髪の中に編み込んだ。ポールは金庫に保管したらと勧めたのだが、翌日、政府高官に渡すまでは自分で持っていたいと主張したのだ。おそらくポールを完全に信用しきれていなかったのだろう。

その夜はポールの言葉に甘え、宝飾店ビルの三階に泊めてもらった。三つあるゲストルームのうち一つは窓がほぼ樹木で覆われていたが、リナはそこがいいと言った。

「だって、バンテアイ・スレイみたいでしょう。彼女はそう言いました」

わざわざ眺めの悪い、薄暗い部屋をリナが選んだのはそんな理由だった。故郷の遺跡を思い出させる部屋は安心できるそうだ。

その夜、彼女の隣の部屋でミシェーレは死んだように眠った。バンテアイ・スレイを出て以来、初めてのことだった。

翌朝、ミシェーレが二階に降りていくとポールは煙草を吹かしながら窓を拭《ふ》いていた。

「『君に掃除なんて出来たのかい⁉』。私は驚いてそう聞きました。生まれついてのお坊ちゃまで、宝石より重いものは持ったことがなさそうだったのです」

ポールは首を振りながら、普段なら通いのメイドが掃除をするが、今日は断った。これ以上、他人がビルの中にいるとリナが不安がるだろうから、と言ったのだ。

「彼も、無事に『空の涙』を引き渡すまでは落ち着かないと漏らしました。あのレベルの宝石を金庫に入れず女性の手に守らせているのが、ひどく不安だとも」

フランス政府の高官は正午には着く手はずになっていた。ポールは高級ホテルでの面会を提案したが、あちらが「目立たぬよう護衛の兵士をつけてこちらから出向く。そのビルから一歩も出るな」と指示したらしい。

ミシェーレも何となくポールの掃除を手伝った。

彼が窓を拭きながら煙草の灰を散らし、それをミシェーレが掃《は》いて回るという実に不毛《ふもう》な掃除ではあったが、二人とも何かしていないと落ち着かなかった。疲れてまだ眠っているのか、リナはなかなか降りてこなかった。

ふいに、ポールが「このビルは囲まれている」と言った。

ミシェーレが通りを見下ろすと、目つきの鋭い何人もの男がビルの周囲に潜んでいる。――カンボジア人だ。

「王弟派の手先がここまで追ってきていたのです。上手くまけたと思っていたのは私の勘違いでした」

今にも踏み込んでくるかもしれない。

焦ったミシェーレとポールは、三階に駆け上がってリナの部屋の扉を叩いた。不安そうに顔を出したリナは、熱があるようだった。疲れがどっと出たのだろう。

「ポールは『今すぐ宝石を渡しなさい、秘密の金庫に隠すから』と言いました。ですがリナは拒否し、自分の結い上げた髪を手で押さえたまま首を振りました」

ポールは舌打ちしたが、弱っている彼女から無理矢理に『空の涙』を奪うようなことはしなかった。

鍵をかけて閉じこもるようリナに指示し、ミシェーレと共にビル中の窓と扉をチェックして回った。

「宝飾店ですからね、ビルのセキュリティは非常にしっかりしていました。窓には全て鉄製の格子戸《こうしど》がはまっていましたし、一階に一つしかない扉は頑丈《がんじょう》なドイツ製です。爆弾でも使われない限り大丈夫だとポールは言いました」

正午まであと二時間、警戒すればよいだけだ。その間を耐えさえすれば、兵士を連れた政府高官が来てくれる。

ポールはミシェーレに、見せたいものがある、と言った。

「彼が差し出したのは、薄青く大きな宝石でした。『空の涙』と同じぐらいの大きさのブルートパーズで、似たような台座が取り付けてあります」

ポールは昨夜、ミシェーレとリナが眠っている間に信頼する職人のところにブルートパーズを持って行き、なるべく『空の涙』に近い形に加工してもらったそうだ。急ごしらえなので精巧《せいこう》ではないが、宝石に詳しくない素人なら騙《だま》せるだろうと言った。

「ポールはリナが起きたら、このレプリカを髪に隠し、本物は金庫に保管するよう説得するつもりだったそうです。万が一、誰かが『空の涙』を奪いに来てもいいように」

だがリナが拒否したので、こちらを金庫に入れようと思う。もし奴らが押し入ってきたら、悔しそうにこちらを渡そう。ポールはそう言った。

「王弟派の奴らも、ここでは私たちを殺さないだろうとの打算はありました。イギリス領でそんなことをすれば大問題ですからね」

レプリカを金庫に入れた瞬間、階下で凄まじい音がした。

ぐらっと床が揺れ、焦《こ》げ臭い煙が昇ってくる。

「奴らはダイナマイトで一階の壁を破壊したのです。あっという間に何人もの男が駆け上ってきました」

銃を持った彼らに、ポールとミシェーレは抵抗しなかった。観念したふりで金庫からレプリカを取り出し、男の一人に渡す。

彼らは疑った様子は無かった。だが、銃で二人をこづきながら言った。

「女を出せ。そう言うのです。私は死んでもリナを渡したくなかった。ですが……ポールを巻き込んでしまっていた」

ポールは観念して、三階に男たちを案内した。ミシェーレも死刑台に上る気持ちで階段を昇った。

だがポールがノックしてもリナの返事は無かった。

男の一人が「どけ！」と怒鳴り、ドアを蹴破《けやぶ》った。

リナはどこにもいなかった。

ベッドにも、シャワーブースにも、どこにも。

片方の窓は完全に樹で塞《ふさ》がれ、もう片方は鉄格子がはまっている。そして内側からは鍵がかかっている。

天女《デヴァータ》は煙のように、密室から消え失せた。

「私とポールは確かに、リナがゲストルームの扉を閉め、鍵をかける音を聞きました。こっそり抜け出したとしても、二階にいた私たちの目を盗んで逃げるのは不可能です」

「屋上から逃げたのでは？」

珊瑚の質問に、ミシェーレは首を振った。

「屋上へ上がる跳ね扉にもしっかり鍵がかけてありました。外から侵入されないよう、ポールと私がビル中を施錠《せじょう》して回りました。つまり、中からも鍵なしでは出られません」

もし出られたとしても、ビルを囲んでいたという王弟派の手先にすぐ見つかったことだろう。女を出せ、と彼らが言ったということは、彼らもリナを見ていないのだ。

「狐につままれた気分でした。呆然とする私とポールに、男たちは怒って詰め寄りました。銃で脅《おど》されても殴られても、知らないものは知りません」

そこにようやく、フランス政府高官と護衛の兵士たちが到着した。

ダイナマイトで壁が破られているのを知り、一気になだれ込んできた。

「それからはもう訳が分からず……王弟派とフランス兵で撃ち合っていたようでしたが、私とポールは隅で震えるばかりでした」

「あー、事務所の壁に随分と古い弾痕が残ってんなーとは思ってたけど、それか」

翡翠が言うと、ミシェーレは頷いた。

「レプリカの『空の涙』を本物と信じた王弟派の手下はすぐ退散しました。王弟はすぐ偽物に気づいて激怒したそうですが、フランスの介入により失脚《しっきゃく》、国外逃亡しました」

自らの命が危うくなった王弟は『空の涙』どころではなくなり、インドシナ半島から逃げ出した。アジアのどこかに潜伏《せんぷく》しているとも、すでに暗殺されたとの噂もあった。

「王弟派に追い回される心配は無くなりましたが、フランス政府高官から『空の涙』を出せと詰め寄られました」

ミシェーレとポールはリナが忽然《こつぜん》と消えたことを必死に説明したが、全く信じてもらえなかった。リナが宝石を持って一人で逃げたか、もしくはミシェーレとポールが共謀《きょうぼう》して彼女を殺害、宝石を奪ったと思っているようだった。

その後も厳重な取り調べを受けたが、そもそも『空の涙』を見たのがミシェーレとポールだけだった。宝石はその存在さえ疑われ、二人は詐欺罪《さぎざい》で起訴《きそ》されそうになった。

「ポールのお父上の力で、二人とも起訴はまぬがれました。ですがお父上の紹介で取り次いでもらった政府高官を騙したことになったので、大恥をかいたとそれはもう大変ご立腹《りっぷく》で……ポールは二度と私と会うなと厳命《げんめい》されました」

ポールの宝飾店ビルは売却され、父親からパリに連れ戻された。以来、ミシェーレとは顔を合わせていない。

「私は一人、燭銀街で彼女を捜し続けました。ですが目撃者は現れませんでした」

「そのポールとかいう奴が殺したんだろ。それしか考えられねーじゃん」

翡翠の指摘はもっともだった。他に犯人は考えられない。琥珀は言った。

「宝石を渡せとリナに迫り、勝手にレプリカまで作ったのはポールだ。ゲストルームの鍵も持っていたなら、リナの部屋に侵入できただろう」

するとミシェーレはゆっくり首を振った。

「そんな時間はありませんでした。私は煙草の灰をまき散らすポールにくっついて回っていたのです。それに、死体などどこにもなかった」

「ミシェーレさんが気づいていなかった隠し戸や秘密の空間があったのではないですか？」

「それもフランス軍兵士が徹底的に調べていました。死体を隠せるような場所などどこにも無かったのです」

「それでも、あんたはポールが犯人だと確信してる。違うか？」

その質問に、ミシェーレは痛みをこらえるかのような声で答えた。

「……ポールはそれから十年後、ナチス・ドイツに対するレジスタンス活動中に亡くなったそうです。私は彼の訃報《ふほう》を燭銀街で聞きました。かっての親友の死。ですが、私の天女《デヴァータ》を殺したかもしれない男。複雑でした」

その頃、カンボジアからフランスは撤退していた。だが今度は日本軍に占拠されてしまう。リナを失ったミシェーレは、せめてもう一度バンテアイ・スレイに行って東洋のモナ・リザ、天女《デヴァータ》の浮き彫り《レリーフ》を見たかったが、それもかなわなかった。

「日本軍が引き揚げた後も、私はカンボジアに入れませんでした。『空の涙』が国外に持ち出されたことは公《おおやけ》になっていませんが、私はその大罪人《たいざいにん》ですから。人を頼んでソクとだけは連絡が取れ、彼の学費を支援することが出来ました」

ソクとはあの、異様に強く賢く有能な少年か。いくら密林が縄張りとはいえ、複数の近衛兵を撃退するなど並外れた優秀さだ。珊瑚も彼が気にかかっていたか、それはよかった、と呟いている。

「私はフランスとアジア諸国を行ったり来たりして、貿易業を始めました。幸い成功し、遅い結婚もし、子供は出来ませんでしたが幸せに暮らしました。妻に先立たれてからは燭銀街に腰を落ち着け、こうして皆さんともお知り合いになれました」

ミシェーレは最初の頃、ただ宝飾店ビルを眺めているだけだった。

いつものようにリナが消えた部屋の辺りを複雑な想いで見上げていたところ、翡翠に会ったらしい。宝飾店メンバーの名前が全員宝石だというのも気に入り、ちょくちょく接触するようになった。

「ですが先日、ポールから私に手紙が届いたのです」

「手紙？」

琥珀と翡翠、珊瑚の声が重なった。さっき戦時中に亡くなったと言ったばかりではないか。

「正確にはポールの孫が私宛てに、ポールの古い手紙を送ってきたのです」

ポールは亡くなる前、自分の息子にそれを託した。『カンボジアという国が悲惨な状態に陥ったら、この手紙をルイ・ミシェーレという人に出しなさい』そう言ったそうだ。

ポールは死に、息子もまた自分の息子にそれを託した。ポールの伝言もそっくり添えて。

孫息子はテレビでカンボジア内戦の悲惨な状況を知り、今こそ、この手紙を出すべきだと思ったそうだ。そして燭銀街へ亡き祖父の手紙を送った。

珊瑚がごくりと唾《つば》を飲んだ。

「手紙には何と？」

「『空の涙』はモナ・リザの手の中に。この一文だけでした」

——モナ・リザの手の中？

一体どういう意味だ。何かの暗号か。

「天女の浮き彫り《デヴァータレリーフ》のことを指しているのですか？」

「私はその可能性が高いと思っています」

モナ・リザが何の暗号だか分からないが、確かなことが一つある。

「やはり、ポールは『空の涙』の場所を知っていたんだな」

琥珀が言うと、ミシェーレは悲しそうに目を閉じた。

「つまり、彼がリナから宝石を奪った。それだけは間違いなさそうです」

不可解な状況ではあれど、どうにかしてリナを殺害し、『空の涙』を奪う。

だが時が経ち、良心の呵責《かしゃく》にかられた彼は『空の涙』をこっそりカンボジアに持ち込み、バンテアイ・スレイの天女《デヴァータ》に隠す。そして、それを見つけてくれそうなミシェーレへ手紙を残し、我が子に託す。

「……正面切ってカンボジア王室に返還すれば、自分の殺人の罪がばれますからね。だからポールはこんな回りくどい方法で贖罪《しょくざい》を求めたのだと思います」

長い長い昔話の末、琥珀はようやく自分たちがなぜカンボジアを目指しているか分かった。

その孫息子とやらも、内戦がここまで激しくなる前に手紙を出せばよかったものを。クメール・ルージュに占拠される前ならもっと話は簡単だった。

気がつくと、ミシェーレは目を閉じていた。

全て話し終えたことで安堵したのか、稲わらの上で微動だにせず眠っている。

翡翠がその顔をのぞき込んだ。顔に手のひらをかざし、呼吸しているか確かめる。

「死んでんじゃねえだろな、爺さん」

「縁起《えんぎ》でも無いこと言わないでよ」

そうたしなめた珊瑚も心配になったか、そっとミシェーレの脈を取っている。

このミッションにおいて最大の難関は、依頼人の体調を保つことだ。前途多難だな、と琥珀はかすかに溜め息をついた。

カンボジア国境付近で情報収集をした四人は、まだクメール・ルージュに支配されていない田舎の村を目指し、徒歩で越境した。途中で水牛の牛車《ぎっしゃ》に乗る男を見つけ、交渉して乗せてもらう。

のんびり揺れる牛車の上で、珊瑚《さんご》が写真付き身分証を全員に配った。

「はい、首から提《さ》げていて下さいね。ミシェーレさんと僕がロサンゼルス・タイムズの記者、琥珀《こはく》と翡翠《ひすい》はその護衛ってことになってます」

ミシェーレはひどく驚いた顔でそれを見つめた。自分の写真の横に「ジェームズ・ワイズマン」と英語風の名前が書いてあるのだ。

「いつの間に、このようなもの……」

「琥珀がミシェーレさんと共にカンボジアに行くって決めてすぐ、僕が燭銀街《しろがねがい》のタイ人街に駆け込んで、バンコクで偽の身分証を作ってる人を教えてもらったんです。国際電話でその人に超特急でアメリカ人四人分を頼みました」

真夜中に注文し、翌日にバンコク入りした時にはもう出来ていた。相当に吹っかけられたそうだが、まあ仕方がない。

「私の写真はいつの間に……」

「パスポートの写真をコピーしただけですが、ほら、上手く加工されてるでしょう？　で、これにですね」

珊瑚は荷台のささくれで身分証を何度かこすった。牛の尻に手を伸ばして乾いた泥を剝《は》がし、それもこすり付ける。

「ほら、こうすると良い具合に傷と汚れがついて、歴戦の戦場ジャーナリストみたいでしょ。誰も写真の細かいとこまで見ませんよ」

そう言って微笑む珊瑚を見て、こいつもたくましくなったものだと、琥珀は感慨《かんがい》深くそう考えた。

燭銀街に来たばかりの一年前は何も知らないお坊ちゃまだったのに、今やすっかり裏社会の流儀を心得ている。『声』が聞こえるという能力だけでなく、元々の知能の高さにどんどん磨《みが》きがかかっているようだ。

「全員がアメリカ人という設定なので、これからフランス語は一切禁止です。今から行くのはまだクメール・ルージュに支配されていない村ですが、フランス人に反感を持っている人がいるかもしれません」

「分かりました、ありがとうございます」

珊瑚とミシェーレが話すのを聞いていると、本当にこれから戦場に向かうのかと不思議になってくるほどだ。どちらも絶対に神を冒瀆《ぼうとく》する言葉を使わない。穏やかで丁寧で、どこかのほほんとした雰囲気さえある。

珊瑚はバンコクで仕入れた重たい一眼レフを首から提げ、ミシェーレには小さなポラロイドだけを持たせた。なるべく体力を温存させたいのだ。

四人が到着した村は、典型的な田舎の農村だった。

イグサを育ててゴザを織るのを生業《なりわい》としており、あとは自給自足のための水田が少しと牛車、自転車、バイクが数台ずつ。車は一台もなく、電気も通っておらず、裕福な家にラジオがある程度らしい。子供たちは半裸で駆け回り、農作業の手伝いもよくする。

「アメリカ人が四人も来た」

それはその村にとって驚天動地《きょうてんどうち》の大事件だった。

激化する内戦からも置いてきぼりのこの村は、要するに『占拠《せんきょ》しても無駄』な立地なので放っておかれているのだ。食料や水が豊富なわけでもなく、戦略的に無意味なのだろう。

だが、バンテアイ・スレイまでそう遠くない。ここで機会をうかがうのがいいだろう。

村長に交渉し、高床式の空き家を一軒、貸してもらえた。扇椰子《おうぎやし》を編んだ屋根がほとんどのこの村で唯一の板葺《いたぶ》きだ。もちろん水道も電気もガスも無いが、風通しが良い。

若い頃によく見たような家なのか、懐かしそうに部屋を見回すミシェーレに、琥珀は言った。

「クメール語のラジオ放送で最新の戦況を仕入れてくれ」

彼の最も大事な仕事は情報収集だ。後で村人からも話を聞いてもらわなければ。

幸い、村の若者に一人だけ英語の分かる者がいた。街の高校で教師をしているそうだが、内戦で休校になり、故郷に戻っているらしい。彼の通訳で、様々な生活道具や食材を貸してもらえた。

三日、その村で過ごした。

ミシェーレは不安で仕方ないようで、すぐにもバンテアイ・スレイに行きたがったが、琥珀は押しとどめた。

「あの辺りはもうクメール・ルージュの支配下らしい。慌てて行っても無駄だ」

「おお……では、私たちはこのままここで動けないのですか」

「仕掛けをしてある。もう少し待て」

その仕掛けが何かミシェーレは知りたがったが、発動するまで話せない、とだけ琥珀は答えた。村人に英語を解するスパイが紛《まぎ》れ込んでいないとも限らないのだ。

外の大きな水甕《みずがめ》で水浴びしていた珊瑚が、タオルで頭を拭《ふ》きながら戻って来た。

「水浴びしようとすると、必ず子供たちとおばさんが見物しに来るんだよ。恥ずかしいなあ」

「私もですよ。こんなお爺さんの裸の何が面白いんだか、きゃっきゃとはしゃいで可愛いですね」

　ミシェーレはそう言って笑った。この過酷な旅が始まって以来の笑顔だった。

　こんな老紳士に水甕で水浴びは辛いのではないかと思ったが、彼はゆっくり首を振った。

「遺跡の調査など、酷暑《こくしょ》の中、何日も野宿ですから。水浴びできるだけ天国ですよ」

　翡翠はといえば絶対に人前で水浴びはせず、夜中に川に行っているようだ。ついでに様々な食材も獲《と》ってくる。

「でけえカエルいた。今晩はこれだ」

　彼はカエルを数匹さばき、野菜やタケノコと共に炒《いた》めた。村の女たちが作る料理を、見よう見まねでやってみたそうだ。さらにバナナの皮で包んだ鶏肉のちまきも出てくる。

　一口食べたミシェーレが、しみじみと言った。

「この魚醤《プラホック》の味、懐かしいです。ソクが作ってくれたのと同じですね」

「こっちのスープも美味《おい》しい。これ何？」

「村のおばさんの差し入れ。レモンの漬物と蓮《はす》のスープだと」

「こっちの料理って甘くて酸《す》っぱくて、でも辛くなくて僕好みだなあ」

　呑気《のんき》な会話をしつつもクメール語のラジオは流しっぱなしだったが、ふいに、ミシェーレが箸《はし》を止めた。じっと耳を傾ける。

　他の三人も黙った。何か重大なニュースのようだ。やがてミシェーレが顔を上げた。

「戦況が変わりました。明日、ロン・ノル軍がトンレサップ湖東岸に大規模な攻撃を仕掛けます。クメール・ルージュも呼応《こおう》して動くようです」

「よし」

仕掛けは発動した。残った料理に箸を伸ばしながら言う。

「急いで食べろ。今晩中にバンテアイ・スレイに向かう」

翡翠、珊瑚は何も言わずにさっさと箸を動かした。まだ手のつけられていなかったちまきはリュックに放り込まれる。

ミシェーレが小さく唾《つば》を飲んだ。

「いよいよですね」

「村を発《た》ったら作戦を話す」

高校教師に頼んで、近くの村から車を一台、借りてきてもらっている。ガソリンも積んであるし、すぐにでも出発できる。

慌ただしく準備した一行が車に乗り込むと、村人が総出で見送ってくれた。あれこれ食料も持たされてしまう。

「目立たないよう出たかったんだが」

琥珀が溜め息をつくと、ミシェーレは苦笑した。

「無理ですよ、みんな私たちに興味津々《しんしん》ですから」

半裸の子供が車に向かって手を振る。クメール語で何か叫んでいる。ミシェーレが懐かしそうに微笑んだ。

「青い目のお爺ちゃん、と私は呼ばれているんです。あの子はソクによく似ています」

大騒ぎで見送られ、車は発進した。

街灯など全く無い、舗装されていない泥道を、おんぼろのセダンでごとごとと行く。ジープなどでは目立ちすぎるから、このくらいでちょうど良い。

珊瑚が聞いた。

「戦況が大きく変わったってニュースが、琥珀の仕掛け?」

「ああ。ロン・ノル軍の大規模攻撃は嘘だ」

「えっ」

ミシェーレが驚いた。運転席に身を乗り出してくる。

「そんな偽のニュース、どうやって……」

「これだけの内戦だから、知り合いの傭兵《ようへい》が何人もカンボジアに来てると思った。燭銀街を発つ前に探りを入れたら、運良く諜報戦《ちょうほうせん》が得意な奴らがいるのが分かった。そいつらの工作だ」

ひどく金のかかる傭兵どもだが腕は確かだ。今回の依頼人は大金持ちだし、遠慮無く仕事を頼むことにしたのだ。

「大規模攻撃が嘘だとすると、一体どういうことになるんですか」

「この情報が嘘だろうと本当だろうと、クメール・ルージュはトンレサップ湖東岸に兵隊を送り込む必要がある。つまり、前線が大きく動く」

「――」

「バンテアイ・スレイはかなり奥地だ。守りも手薄になる」

だが、偽情報と分かればすぐにクメール・ルージュも引き返してくる。タイミングが命だ。

真夜中ごろ、クメール・ルージュ兵に見とがめられることなくバンテアイ・スレイの側《そば》に到着した。小さな村がいくつかあるはずだが、人の気配は全く無い。捕まっているのか、逃げ出したのか。

翡翠と珊瑚が偵察から戻って来た。

「この辺りは誰もいねえっすね。でもバンテアイ・スレイに行く道は新しい足跡がある」

「近くなれば、僕が気づくと思うよ」

ピリピリした兵士がいれば、珊瑚には『声』が聞こえる。人数も大まかに分かるそうだから、全く有り難《ありがた》い能力だ。

琥珀はミシェーレに言った。

「ここからは命がけだ。覚悟はいいな」

「はい」

「俺から離れるな」

生《お》い茂った密林に入り、静かに進む。踏みならされた道は、新しい緑の匂いが濃い。日常的に使われているルートなのだ。

先頭の翡翠が立ち止まった。ナイトスコープをのぞいている。

「四人、見張りが立ってるっすね」

「遺跡の中には」

「気配はねえっす。兵隊が詰めてんの、西の村じゃねえかな」

ミシェーレも言った。

「バンテアイ・スレイは軍事拠点に向かないと思います。アンコール・ワットは古来から砦《とりで》として機能していたのでクメール・ルージュも好んだのでしょうが」

そもそも小規模な寺院であるバンテアイ・スレイは、守りにくく攻めやすい構造だ。ここに四人、兵士が立っているのは単に近くの村への通過点として見張っているに過ぎない。

琥珀は時計を見た。午前三時。

「そろそろだ」

「……何がです？」

ミシェーレが聞き返したその時だ。西の方角が騒がしくなった。

動物が騒ぐ声と人の怒鳴り声、飛び立つ鳥。そして夜空の一角が明るくなっている。

「牛車に火を放ってもらった。パニックになった牛が村に突っ込んでるところだ」

「い、いったい誰がそんなことを」

「滞在していた村の高校教師だ」

「――」

英語の出来る彼を雇い、別ルートでここまで来てもらった。そして打ち合わせした時間に牛車に細工させたのだ。仕事にあぶれていた彼は、高額の報酬《ほうしゅう》に喜んで応じてくれた。

「見張り、二人に減ったっすよ」

「よし。行くぞ」

「うっす」

琥珀と翡翠は闇に紛れ、二人の見張りに近づいた。

音も無く忍び寄り、ほぼ同時に倒す。素早く拘束《こうそく》し、遺跡の瓦礫《がれき》の下に放り込んだ。朝まで目を覚まさないだろうが、それまで蛇《へび》や虫にたかられることにはなる。

琥珀が合図を送ると、隠れて見ていた珊瑚とミシェーレが頭を出した。ミシェーレが感心したように言う。

「お強いんですね、お二人とも」

翡翠が肩をすくめる。

「爺さん、あんた高《たけ》え金だして誰を雇ったと思ってんだよ」

珊瑚は目を閉じ、しばらく耳を塞《ふさ》いでいた。すぐに顔を上げ、琥珀に向かってうなずく。誰もいない、か。

「行くぞ。二十分で撤退《てったい》する」

四人は樹に覆われた回廊に昇り、バンテアイ・スレイの中に入った。

月光で照らされる廃墟。

旺盛《おうせい》にはびこる植物に埋《う》もれ、何百年も静かに眠っていた。

「ああ、崩壊が進んでいる……」

ミシェーレがそう呟いた。

彼が訪れたのは四十年以上も昔なのだから当然だろう。

木の根を乗り越え、瓦礫を踏み越え、ミシェーレはまっすぐに小さな祠堂《しどう》に近づいた。屋根から樹が生え、根が絡《から》みついている。

天女《デヴァータ》の浮き彫り《レリーフ》は、草に埋もれていた。月明かりで神秘的に見える。

「これが東洋のモナ・リザですね」

珊瑚が感心したように言った。

「確かに美しい」

ミシェーレはじっと天女を見つめていたが、我に返ったように手を伸ばした。草をかきわけ、浮き彫りの表面をなぞる。

「無い」

彼は呟いた。

石の表面に触れ、必死に探す。

「無い。どこにも無い」

「宝石か」

「……ありません。私の予想では、天女の手の辺りに穴が空けられ、『空の涙』が隠されていると思ったのですが」

「見せてもらっていいですか」

珊瑚は懐中電灯を帽子で覆《おお》い、光が漏れないよう気をつけながら浮き彫り《レリーフ》を調べた。五十年ほど前にマルローから切り取られた痕跡は確かにあるが、それ以外、目立った傷は無いそうだ。

「うーん……『空の涙』はかなりの大きさのはずだけど、それを隠せるような箇所《かしょ》は皆無《かいむ》だね」

念のため浮き彫り《レリーフ》の足元も詳しく調べてみたが、蔓草《つるくさ》が這っているだけで何も無い。

「ミシェーレさん、バンテアイ・スレイには他にも天女像がありますよね。もしかしてそこでは？」

「いいえ、たくさんある天女のうち、これがとびぬけて美しく優雅なので『東洋のモナ・リザ』と呼ばれているのです。ポールからの手紙には確かに、『空の涙』はモナ・リザの手の中に、とありました」

その時、琥珀はかすかな気配を感じた。

軽く手をあげ、二人の会話を制止する。

全員が息を止めた。

すでに牛車の騒ぎは収まったようで、夜の静けさが戻っている。森の動物もにぎやかで、あちこちで虫や小動物が這う音もする。

だが、もう一つ。

「やっべ」

翡翠が呟き、銃に手をかけた。

琥珀はミシェーレの腕を引き、自分の背中に隠れさせた。

――虎。

闇の中に燃える二つの目が見える。悠然《ゆうぜん》とこちらに近づいてくるその姿は、まさに森の王者だ。月光を浴び、毛皮が銀色に光っている。

「うわ」

珊瑚が呟いた。彼の能力でも、さすがに大型獣の登場までは予想しきれなかったか。

翡翠が虎に向かって銃を構えた。

撃てば村に詰めている兵士に聞こえてしまう。この虎が銃を恐れて退散《たいさん》してくれればいいのだが。

だが虎は動かない。銃に気づいているはずだが、妙に鼻をひくひくさせている。

「珊瑚。リュックに食料があったな」

「あっ、うん、翡翠が作ってくれた」

「それを投げろ」

「分かった！」

珊瑚はゆっくりとリュックをおろし、ちまきを取り出した。バナナの葉をはがし、ぽーんと放り投げる。

「鶏肉と緑豆《りょくとう》ペーストと餅米《もちごめ》だよ～」

虎はしばらく、地面に転がったちまきと四人を見比べていた。

やがて、のしっ、のしっとちまきに近づき、がつがつと食べ出す。

珊瑚が次々投げるちまきで、虎は次第に遠のいていった。もう四人を全く気にしていないようだ。

「あー、やばかった。大人しい奴でよかったすね」

「ああ」

その時、珊瑚が突然、小さなうめき声をあげた。耳を両手で押さえ、がくりと地面に膝をつく。

「誰かが虎に驚いてる。——五人、こっちに来る」

「逃げるぞ」

クメール・ルージュの兵が戻って来たのだ。幸い、虎に気を取られているらしい。

四人は来たのとは逆方向に逃げ出した。ミシェーレが肩で息をしながら言う。

「く、車は逆ですよね？」

「あれは捨てる。退路《たいろ》は川だ。道案内できるか」

「できます。この辺りのジャングルならよく覚えています」

ミシェーレが力強くうなずいた瞬間、銃声がした。兵士がこちらに気づいて発砲《はっぽう》してきた。

翡翠が振り返って撃ち返す。こちらに銃があることを知り、あちらも身を隠しながら撃ってくる。翡翠の腕でも、夜の密林で次々に敵を倒すのはさすがに難しい。

走るミシェーレの足がもつれた。

「道を外れるな、地雷がある！」

琥珀がそう注意した瞬間、背後で爆発音がした。敵の一人が自ら仕掛けた地雷に引っかかったのだ。おそらく翡翠に撃たれるのを警戒し、足元への注意がおろそかになった。

「珊瑚、懐中電灯で照らしながらでいい、慎重に進め」

「うん！」

背後の敵より周囲の地雷が厄介《やっかい》だ。ここはクメール・ルージュが通り道に使っているからまだ大丈夫だが、これ以上進めばきっと仕掛けてある。

ようやく、少し開けた場所にたどりついた。廃村《はいそん》のようで、誰もいない。

「……こ、ここは、ソクがいた村です」

「住民は強制移住させられたようだな」

クメール・ルージュは人々を集めて強制労働させている。おそらくそれで無人になったのだ。

突然、ミシェーレががくりと膝をついた。脚が震えている。

「痙攣《けいれん》か」

「だ、大丈夫です」

「無理だな」

脱水症状を起こしている。熱気のこもる夜の密林を走り続けているのだ、老人にはこれが限界だろう。

琥珀はミシェーレを肩に担《かつ》ぎ上げた。

「うわっ」

「大人しくしてろ」

四人は再び夜の密林を走り出した。

背後では敵の気配が増えている。銃声に気づいて応援に駆けつけたのだろう。

琥珀は走りながら樹に絡んだ蔓草をちぎった。葉っぱをミシェーレの口に押し込む。

「この葉は安全だ。水分を取れ」

「はい」

このまま夜明けまで走り続けることになる。その前に肝心《かんじん》の依頼人が死んでは元も子もない。背後でまた爆発音がした。どんなに慣れた兵士も夜は動きも判断も鈍《にぶ》る。ましてやクメール・ルージュのような寄せ集め兵では、うっかり自爆もするだろう。

ふと、闇を縫《ぬ》う屍臭《ししゅう》を感じた。濃い。

背後では翡翠が振り返っては撃ち返しているが、段々と敵は迫っている。後から後から応援が来るのだ。

琥珀は屍臭の濃い方へと進路を変えた。一か八かだ。

やがて、密林の中に死体が現れ始めた。地雷でやられた人々が倒れ伏している。

その数は段々と増え、まだ新しい死体と白骨が入り交じって月光を浴びていた。クメール・ルージュ内で粛清《しゅくせい》された人々だろう。

琥珀はその死体を踏んで進んだ。背後では珊瑚が吐いている。だが気丈にも足は止めない。

ミシェーレは恐怖で硬直したまま、手のひらで自分の鼻と口を押さえていた。屍臭に耐えられないのだろう。

やがて彼は、震える声で言った。

「よ、四十三年前、天女を背負って逃げた道を、今は屈強《くっきょう》な男性に担がれて、死体を踏みながら逃げている……」

小さい、泣き笑いのような声。身体が何度か痙攣している。

「俺の肩で吐いてもいいが、狂わないでくれ」

「は……はい」

戦場でもこれだけの量の死体を見ることはそうそう無い。珊瑚やミシェーレにとっては地獄のような光景だろう。

突然、背後の敵が大騒ぎを始めた。やたらめったらと発砲しているが、こちらに弾は飛んでこない。

「何だ？」

琥珀の呟きに、ミシェーレがえずきながら答えた。

「と、虎が出たと騒いでます」

「なるほど。俺たちにはラッキーだ」

虎の咆哮《ほうこう》が聞こえてきた。続いていくつもの悲鳴。密林の王者に人間が勝てるわけがない。おかげで敵を振り切れそうだが、今度はこちらが虎に追われる可能性もある。

幸い、それ以上追っ手はかからなかった。虎が大活躍してくれたようだ。

明け方近く、川岸に辿り着いた。

時計を見る。タイミングはぴったりだ。

「飛び込むぞ」

「えっ」

驚く珊瑚の背中を翡翠が押した。派手な水しぶきと共に川に落ちる。

琥珀もミシェーレを抱え直した。水に飛び込み、彼が呼吸できるようになるまで待ってやる。

「ま、まさか泳いで逃げるんですか」

「いや、迎えが来る」

「迎え？」

どっ、どっ、どっ、と低いエンジン音が響いてきた。

明るくなりつつある東の方から、中型船が近づいてくる。

甲板《かんぱん》で一人、男が手を振っていた。ゴムボートを川に放り込み、また大きく手を振る。

琥珀は泳いでそれに近づき、ミシェーレを投げ入れた。自分もゴムボートに上がる。

疲れ切って自力では上がれない珊瑚を引きずり上げ、最後に銃をくわえた翡翠が飛び乗った。

四人が乗り込んだのを確認すると、甲板の男が腕を突き出し、親指を立てた。中型船に引かれ、ゴムボートは川を上っていく。

ようやく息の整ったミシェーレが、中型船を見上げて言った。

「助けの船を頼んでたんですね」

「いや、毎朝ここを通っている運搬船《うんぱんせん》だ。タイから米を輸入している」

これも珊瑚がバンコクで調べ、話をつけてくれていたものだ。わずかな準備期間しか無かったのに、よくやってくれた。

ぐったりとゴムボートの縁に寄りかかった珊瑚は、力無く笑った。

「ずぶ濡れになったけど、これで屍臭が消せた」


問題は、『空の涙』は結局どこなのか、ということだ。

バンコクで宿を取った四人は、街の食堂に入った。一晩中逃げ続けていたので腹が減っている。

だが大量に並んだ麺《めん》や米の料理に、ミシェーレはほとんど手をつけなかった。スープの器を持ったまま、ぼんやりと考え込んでいる。

「……モナ・リザは、東洋のモナ・リザのことだとばかり思っていたのですが」

「それだとヒントが簡単すぎるため、ポールさんはあえて『東洋の』をはぶいたのでは？　自分の手紙がミシェーレさん以外の誰かに見られるのを恐れて」

珊瑚が言うと、ミシェーレも首をかしげた。

「私にとってのモナ・リザはあの天女《デヴァータ》だと、ポールは知っていました。隠すなら絶対にあそこだと思うのです」

だが、無いものは無い。

先に誰かに盗《と》られていた可能性もあるが、そもそも宝石を隠す場所も無かった。

翡翠が炒飯《チャーハン》をかき込みながら言った。

「本物のモナ・リザってよー、何かあのニヤーって笑ってる女だろ。年齢不詳の」

「あの神秘の微笑みで、世界で最も有名な絵画になったんだけどね」

珊瑚は苦笑するが、琥珀も正直、あの絵の何がそんなに凄《すご》いのかさっぱり分からない。ただの眉毛《まゆげ》の無い女にしか見えないのだ。

ふいに、ミシェーレが顔を上げた。青い目が少しずつ見開かれていく。

「……思い出した。モナ・リザは何人もいるという話を、ポールとしたことがあります」

「何人も？」

「天女《デヴァータ》が東洋のモナ・リザと呼ばれたように、何々のモナ・リザ、と異名《いみょう》を取る絵画がいくつかあるのです。ポールはそれらを全て並べて、どの女性が一番美しいか比べたいと言っていました。もちろん、ダ・ヴィンチの本物を真ん中に」

ミシェーレはテーブルに手をつき立ち上がった。唐突に言う。

「パリに行きます」

「何？」

「ルーブル美術館でモナ・リザを鑑賞してきます。ヒントがつかめるかもしれない」

彼の顔にわずかな期待が浮かんでいた。本物のモナ・リザを見さえすれば、何か思い出すかも知れないと考えているらしい。

確かに、それでミシェーレとポールしか知り得ない記憶が引きずり出される可能性はある。

ミシェーレは新しく買い直した中折れ帽のつばに手をかけた。

「では、私はここからパリに飛びます。宝飾店のみなさま、内戦中のあんな危ない国にまで付き添って下さってありがとうございました。報酬は振り込んでおきます。——では」

さっそく三輪自動車《トゥクトゥク》に手をあげようとするミシェーレを、琥珀は制止した。

「俺たちも行く。あんた一人じゃ不安だ」

ミシェーレが目を見開いた。皺《しわ》深い顔が、じんわりと笑顔になる。

「本当ですか？　それは心強い」

「乗りかかった船だ」

いつもなら、この辺りであっさり依頼人とはお別れだ。——だが。

翡翠はすでに気づいているようだ。食べる手を止めて、さりげなく通りを眺めている。

琥珀は珊瑚に聞いた。

「何かいるか」

「え？　……ええと」

訳が分からないながらも、珊瑚は『声』に集中したようだ。ゆっくり首を振る。

「危険なのは、特に」

「そうか」

では、こちらを見張っている男はまだ様子をうかがっている段階か。手出しはしないようだ。

宿を引き払い、タクシーで国際空港まで移動する時も、その男は尾行してきた。

だが空港では他の男に尾行が切り替わった。それも実にさりげなく、一般人なら絶対に気づかないような方法で。

(プロか)

見た目はごく普通の東南アジア人だ。ビジネスマン風のスーツで、空港にいても全く浮かない人種と言えよう。

尾行がついていることを、ミシェーレにはまだ知らせない方がいい。挙動不審になって、あちらに悟《さと》られる恐れがある。

空港カウンターから戻って来たミシェーレは、にこやかに言った。

「パリまで四枚、ファーストクラスを買いました。怒濤《どとう》のような旅が続いたことですし、ゆっくりしたいですね」

「爺さん、ファーストクラス四枚てマジ⁉　あんた本当に金持ちなんだな」

翡翠はそう驚いたが、機内に案内されてからはもっと驚いていた。広いシートに倒れ込み、満足そうに脚を組む。

「俺、喫煙席ね」

初めてのファーストクラスに彼は少々はしゃいでいるようだ。座席のポケットに何が入っているか探っている。

琥珀は要人の護衛で東側諸国のファーストクラスに乗ったことはあったが、座席に少し余裕があるぐらいで大したことはなかった。だがエールフランスはさすがで、出される料理も添乗員の愛想《あいそ》の良さも何もかもが違う。

ミシェーレと珊瑚は離陸するなり眠ってしまったが、翡翠ははしゃぎつつも任務を忘れてはいなかった。琥珀と交代で睡眠を取り、ミシェーレから目を離さないようにする。

十二時間のフライトで、パリのシャルル・ド・ゴール空港に降り立った。出来たばかりの真新しい空港で、何もかもがピカピカしている。

(尾行がスイッチした)

あのビジネスマン風の東南アジア人は去ったが、代わりに観光客風のカップルが尾行してくるようになった。パリにも仲間を待たせていたとは、かなり大きな組織のようだ。

「つーか、パリ寒《さみ》ぃ」

翡翠のぼやきに、珊瑚が苦笑しつつ同調する。

「僕たちいつの間にか、身体が熱帯に慣れてたんだね。ヨーロッパ久しぶりだけど、本当に寒い」

まだ春浅いパリは十度も無さそうで、三十度超えのバンコクから来れば寒くて当たり前だ。

空港で服を買い、装備を整えてからパリ中心部に向かう。

ヒルトンに宿を取り、琥珀はミシェーレと同室になった。一時たりとも目を離さないつもりだ。

エレベーター、非常口を全てチェックし終えた翡翠が報告する。

「今んとこ怪しいの見当たらねえっす」

「分かった」

翡翠と珊瑚を組ませておけば、見張りには最適だ。宝飾店が二人だった頃と比べて随分と仕事がしやすくなった。

ミシェーレはコーヒーを一杯飲んで休憩すると、すぐにタクシーでルーブル美術館へと向かった。強行軍の旅が続いているのに、結構タフな爺さんだ。

夕暮れ時のパリは世界中からの観光客で賑《にぎ》わっており、様々な人種がいる。こちらをつけてくる東南アジア人のカップルも完全に溶け込んでおり、目立たない。

ルーブル美術館は大変な混雑だったが、ミシェーレはモナ・リザのある部屋に真《ま》っ直《す》ぐ向かった。人だかりで、どこにあるかすぐに分かる。

「え、あれがモナ・リザ？　ちっちゃくね？」

翡翠がそう驚いていたが、琥珀も同感だ。等身大ぐらいの絵だと思い込んでいたのに、かなり小さく、近づかなければよく見えないほどだ。珊瑚もうなずいた。

「僕はアメリカに来た時に見たことあったけど、やっぱり同じ感想だった。意外に小さい絵だなって」

四人は混雑のすき間を縫い、モナ・リザに近づいた。

――『空の涙』はモナ・リザの手の中に。

絵の女は左手の上に右手をゆったりと乗せている。何か隠していそうな雰囲気もある。

だが、あの手の中に宝石がある？　いったい何の暗号だ。

「珊瑚。この絵のモデルは誰だ？」

もしやモデルの墓にでも『空の涙』が隠されているのかと思って琥珀は尋ねたが、珊瑚は首を振った。

「リザ・デル・ジョコンドという女性ではないかと言われてるけど、確定していないんだ。ミラノ公妃《こうひ》イザベラ・ダラゴナ、フランカヴィラ公爵夫人コンスタンツァ・ダヴァロスなどなど、何人も名前は挙げられてるけど分かってない。中にはダ・ヴィンチ自身の女装っていう説もあるぐらいで」

ならば墓を暴《あば》くのは無理か。名案だと思ったのだが。

尾行のカップルはいったん、モナ・リザの部屋を出て行った。だがさりげなく舞い戻り、他の絵を眺めている。

ミシェーレは十分ほどモナ・リザの前で考え込んでいたが、首を振って言った。

「今日はこれまでにしましょう。ディナーはル・シエル・ド・パリならば予約が取れると思うのですが、いかがですか」

「それが高級店なら止《や》めておけ。俺たちの中でまともなテーブルマナーを知ってるのは珊瑚だけだ」

翡翠に至っては椅子に片脚を上げて食べるのが習慣化している。ミシュランの星付きレストランでそれをやられたら、恥をかくのはミシェーレだ。

琥珀の忠告に彼は苦笑した。

「では、家庭的な店で」

ルーブル美術館を出ると、また尾行がスイッチした。再び観光客風の男だが、これまでの尾行は全て東南アジア系だ。せめて何人《なにじん》か分かればいいのだが。

(まさか、王弟派の残党がまだ『空の涙』を狙っているのか?)

考えられるのはそれだ。

四十三年前、クーデターを起こす前に王弟は失脚《しっきゃく》し、国外に逃亡した。だが、王弟派の残《ざん》党《とう》がそれからずっとミシェーレを見張っていたとしたら。どれほどの数がいるかは不明だが、少なくとも尾行のプロを何人も雇えるほどの資金力があるのは間違いない。

ミシェーレお勧めだという家庭料理レストランの中までは、尾行は入って来なかった。フランス人だらけの店で東南アジア系は目立つからだろう。

出された料理は確かにどれも美味しかった。

鴨《かも》と白インゲン豆を煮込んだものや、ジャガ芋《いも》とベーコンのタルトなど、酒に合って腹にも溜まる。フランス料理は気取ったものだと思い込んでいたが、考えを改めなければならない。

レストランを出ると再び尾行されたが、やはりホテルの中までは付いてこなかった。おそらく彼らは、尾行に気づかれていることに気づいた。これからはもっと慎重になるだろう。

翌朝、四人はパリを発ち、列車でオランダへと向かった。ミシェーレが説明する。

「次はデン・ハーグの美術館にあるフェルメールの『真珠の耳飾りの少女』を観《み》に行きます」

聞いたことのあるような無いような絵だったが、珊瑚はもちろん知っていた。

「またの名を『青いターバンの少女』、その不思議な微笑みから『オランダのモナ・リザ』と呼ばれている絵ですね」

「はい。ポールがダ・ヴィンチのモナ・リザと並べて見たいと言った絵の一つです」

翡翠は二人の会話を全く興味が無さそうに聞き流していたが、ふいに、ちょっとヤニ吸ってくる、と喫煙席の方へ歩いて行った。空いた座席に座り、外を眺めている。

一本吸った彼は、ぶらぶらとこちらへ戻って来た。琥珀の隣に座ると、こそっと言う。

「タイ語の本読んでた」

尾行者のことか。翡翠はタイ語が分かるわけではないが、アルファベットの判別ぐらいは出来るはずだ。

しかし、タイ人がミシェーレを尾行？

バンコクからカンボジアに向かったし、偽の身分証明書を頼んだのもタイ人、船で拾ってくれたのもタイ人だ。だが、彼らに『空の涙』のことが知れるはずはない。

アムステルダムで列車を乗り換え、デン・ハーグを目指した。到着したとたん、翡翠が叫ぶ。

「寒ィ！　寒すぎんだろ！」

彼は空港で買った革ジャンを着込んでいるが、それでも寒いらしい。燭銀街に住む間、つくづく熱帯に甘やかされたようだ。

「北海《ほっかい》に面した街だからな」

尾行者の姿は見えなかった。

パリのような都会ならともかく、こんな北の街でタイ人は目立つ。隠れているか、地元民を雇って尾行させるつもりか。

その絵があるという美術館にタクシーで向かった。

ルーブルに比べるとこぢんまりした美術館で、そう広くもない。目玉はその『真珠の耳飾りの少女』だそうだ。

だが――。

「そもそも手、描かれてねえじゃん！」

絵を見た翡翠が憤《いきどお》る。

確かにその少女の絵は、胸元から上しか描かれていなかった。青いターバンを頭に巻き、真珠の耳飾りをつけた少女が、中途半端に振り返って微笑んでいる。それだけの絵だ。

「彼女の手は、どうなってるんでしょうねえ」

この絵を最初から知っていたはずのミシェーレも、困惑したようにそう言った。――モナ・リザの手の中に。

美術館を出た四人は、いかにもオランダらしく自転車が行き交う中、駅へとぶらぶら歩いた。琥珀の提案だ。

尾行者はもう姿を隠すのは諦めたらしく、ガイドブックを手に観光客を装《よそお》っている。

翡翠もそれに気づいているはずなのに、屋台で何やら買い込んで食べ歩きし始めた。揚《あ》げてうめえ、と呑気に呟いている。

「あ、クロケットだね。美味しいよね」

「初めて食った。クリームコロッケだな」

どうも翡翠は少々、観光気分らしい。

ファーストクラスも喜んでいたし、昨夜《ゆうべ》のフランス家庭料理も楽しんでいた。気が緩《ゆる》んでいるのが丸分かりだが、カンボジアの激戦地から一転、贅沢《ぜいたく》なヨーロッパ旅行なのだから、まあ少しぐらいは見逃そう。

列車でアムステルダムまで戻り、しばらく滞在した。次の目的地のために大事な用事があるのだ。

「ビザが取れた」

アムステルダムの知り合いのところから琥珀が戻ると、珊瑚が驚いた。

「もう!?　早いなあ……ソ連って旅行ビザ申請《しんせい》しても、一ヵ月も二ヵ月も待たせるので有名なのに」

次の目的地はソ連の首都モスクワだ。東西諸国の対立が深まる中、なかなか簡単に行ける国ではないのだが、琥珀にはツテがあった。

「あちこちにソ連国家保安委員会《KGB》がいるから気をつけろ。観光客のふりでモスクワをうろうろするだけなら、連行されることはないだろう」

「あ、ボルシチ食お」

翡翠が舌なめずりしている。任務を忘れるなよと釘《くぎ》を刺したいが、普段は自分が料理するばかりだから食べ歩きも楽しいのだろう。

ソ連の国営航空でモスクワへ飛んだ。

空港に降り立ったとたん、翡翠と珊瑚がガタガタ震え出す。

「雪降ってんじゃねえか。ざけんなよ」

「オ、オランダと緯度《いど》は変わらないのに」

再び空港で服を買い足し、モスクワ中心部へ向かった。泊まるホテルは強制的に決められているので、次の絵があるという美術館をそのまま目指す。

尾行者は四人に増えていた。

最初のビジネスマン風、次のカップル二人、一番新しい観光客風が勢揃いし、タイ人のグループツアーに見せかけている。

(尾行も隠さず堂々とついてくるということは、何か仕掛けてくるな)

有名な赤の広場には、おとぎ話みたいな大聖堂が建っている。カラフルな玉葱《たまねぎ》をいくつも載せたようなその姿は、ソ連のニュースが流れるたびに映されるものだ。

観光客も多く、雪降る中で写真を撮るのに忙しい。長い行列はレーニン廟《びょう》に詣《もう》でる人々で、地元民と観光客で半々ぐらいのようだ。

「レーニン廟にカメラは向けるなよ、尋問《じんもん》されるぞ」

四人も一応、記念写真を撮ることにした。KGBに目をつけられないためには、観光客になりきらなければならない。

珊瑚が女性グループの一人に声をかけ、シャッターを押してもらうよう頼んだ。あちらも四人組で、ちらちらと値踏みの視線を送ってくる。

「どちらからですか〜？」

「オランダからです。そちらは？」

「イギリスです〜」

四人で並び、ポーズを取った。珊瑚がミシェーレの肩を抱いてニッコリ微笑み、翡翠は煙草をくわえたままボソッと呟く。

「俺、ヤんならあの左端の黒髪」

「こらこら、翡翠。写真撮ってくれてる子にそんなこと言わないの」

たしなめる珊瑚に、翡翠が肩をすくめる。

「ぜってー、あっちも似たようなこと話してんぜ今」

ミシェーレも苦笑しつつ言った。

「彼女たちには、私たちはどういう関係性に見えるんでしょうねえ」

「お爺さんと孫二人、もう一人は誰かなと考えてるでしょうね」

珊瑚の描写は的確だろう。翡翠と珊瑚ならミシェーレの孫とも思えるだろうが、琥珀だけは系統が違う。

彼女たちはなかなか離そうとしてくれなかったが、翡翠がすげなく追い払った。

「寒い中突っ立ってると爺さんポックリいきそうだからな。さっさと移動してえんだよ」

名残惜しそうな彼女たちを残し、観光客が行きそうなところをいくつか回りつつ美術館を目指した。無駄な時間をかけてしまうが、秘密警察に目をつけられないためには仕方がない。

夕暮れ近くなり、ようやく美術館に入った。目当ての絵に直行したが、これもオランダのモナ・リザと同じだった。

「また手ェねえじゃん！」

憤る翡翠に、ミシェーレは苦笑した。

「そうですねえ。タイトルは『忘れえぬ女《ひと》』、別名はロシアのモナ・リザです」

「これは初めて観ました。美しいですね」

十九世紀末に描かれたそうで、当時の帽子をかぶった女が不思議なまなざしでこちらを見下ろしている。微笑んでいるのか蔑《さげす》んでいるのか、何とも言いがたい表情だ。

だが、やはり胸から上だけで手はフレームの外側だ。

ミシェーレは『忘れえぬ女《ひと》』を見上げ、何か考え込んでいた。微動だにしない。

やがて大きく首を振った。

「駄目です、分かりません。モナ・リザの手の中に。ポールはいったい何を伝えたかったのか」

「ダ・ヴィンチのモナ・リザ、オランダのモナ・リザ、ロシアのモナ・リザ、そして東洋のモナ・リザ……ポールさんはどれのことを指して手紙を残したのでしょう」

「本物は年齢不詳すぎ、オランダのはロリコンに好かれそう、ロシアのはマゾ男に好かれそう、東洋のは石じゃんって感じだな」

翡翠の解説は身も蓋《ふた》もないものだったが、まあ概《おおむ》ね同意できる。この『忘れえぬ女』のどこか見下すような視線に囚《とら》われる男も多そうだ。

結局何一つ分からないまま、四人は美術館を出た。すっかり暗くなっている。

「さー、メシ行こメシ」

「せっかくだし美味しい店に行きたいよねえ」

翡翠の浮かれ気分にすっかりあてられたらしい珊瑚が熱心にガイドブックをめくり、評判のいいという外国人向けレストランに入った。翡翠が食べたがっていたボルシチをまず頼み、後は人気料理を適当に注文する。

店員の愛想の悪さはいかにも東側諸国だが、味の方はなかなか良かった。牛肉をソースで和《あ》えたものや、ニシンとジャガ芋のパイ、ピロシキなどをウォッカで流し込む。どれも味が濃くこってりしているので酒に合うのだ。

開き直ったタイ人グループも同じレストランに入ってきた。ミシェーレが目を留める。

「おや、タイ人でしょうか。ソ連では珍しいですね」

「顔で分かりますか？」

「大体は。カンボジア人とは民族が違いますしね。あの国から来たなら寒いでしょうねえ」

そう微笑んだミシェーレだが、タイ人グループの不自然さには気づいていないようだった。

レストランを出ても、彼らは一定の距離を保ってついてきた。

ホテルを目指し道を曲がっても同じだ。だが外国人の泊まれる宿泊施設は限られているから、そう不自然ではない。

「近道するぞ」

狭い路地裏へと入った。雪は踏み固められており歩きやすい。すれ違うのがやっとの細さだが、地元民の通路となっているのだろう。

琥珀は珊瑚を先頭に、次にミシェーレを歩かせた。そして翡翠、最後尾は自分だ。仕掛けてくるなら、おそらく今。

案の定、背後から接近する気配がした。

風圧が頬を掠《かす》める。蹴《け》りか。

振り返った琥珀に四人のタイ人が波状《はじょう》攻撃で襲いかかってきた。銃は使わないが蹴りが異様に鋭い。琥珀の肩を越えてジャンプした翡翠も参戦する。全員スピードが異様に速い。

「こいつらムエタイっすよ！」

「だな」

とはいえ、琥珀には勝算《しょうさん》があった。彼らがいかに強くとも、ここは雪深いソ連だ。この寒さも、足元の雪も、彼らは慣れていないだろう。

案の定、彼らの動きが鈍《にぶ》くなってきた。蹴りを繰り出す足元がおぼつかなくなる。

女が足を滑らせた瞬間、琥珀は彼女をつかまえた。片腕で首を締め上げる。

「それまでだ」

他の男三人は動きを止めた。これ以上戦っても無駄なのが分かっているようだ。

「俺たちに何の用だ。銃を使わないということは殺す気はないようだな」

彼らはしばらく黙っていたが、やがて男の一人が言った。

「宝石はどこだ」

「知らん」

「あちこち旅して何をしている」

「絵画鑑賞だ」

それは本当のことだ。ただ、ここまで回ってもミシェーレにはポールの暗号が解けないのだが。

彼らは舌打ちして顔を見合わせた。『空の涙』の在《あ》りかを求めてミシェーレを見張っていたが、四人がいったい何のために強行軍の旅をしているか分からず、とうとう襲ってきたのだろう。

だが、こちらには差し出せる情報は何も無い。

「誰に雇われたか知らんが、伝えておけ。俺たちにも宝石の行方は分からん。これ以上つきまとっても無駄だ」

琥珀がそう言って女を解放すると、四人はばたばたと逃げていった。

「あっちが倍の人数だから、この路地に誘い込んだんすね」

「ああ」

暗く人気《ひとけ》の無い路地でなら絶対に襲ってくると思った。だがこの狭さでは四人いてもまともに戦えない。

振り返ると、路地の出口で珊瑚とミシェーレがパチパチと拍手をしていた。二人とも何だか楽しそうだ。

翡翠が服についた雪を払い落としつつ、何かをねだる時だけの目と口調で言った。

「明日は燭銀街に戻るんすよね。じゃ、ピロシキ買い込んでホテルで酒盛りしようよ」


翌日、香港経由で燭銀街に帰った。そう長い間離れていたわけではないのに、雪国から戻ると妙に暑く感じる。宝飾店ビルに咲き乱れる熱帯の花々も、相変わらず賑やかだ。

「あー、何か久しぶりの我が家って感じするぜ」

ソファにどさりと座り込んだ翡翠がそう言うと、珊瑚も深い溜め息をついた。

「ほんと、短期間で何ヵ国回ったんだろ。タイ、カンボジア、フランス、オランダ、ソ連……まあ一番辛かったのは断トツでカンボジアだけど。あれから毎晩、死体の夢でうなされて」

「まー、ありゃしゃあねえな」

ミシェーレもソファの隅にちょんと座り、深い溜め息をついた。

「東洋のモナ・リザでもなく、他のモナ・リザを見ても意味が分からない……宝飾店の方々をあちこち連れ回したというのに」

「俺ァ、人の金でファーストクラス乗って服買ってもらってメシ食えて大満足だけどな」

翡翠の言葉は本当だろう。あの後、彼は本当にピロシキとウォッカを大量に買い込み、ホテルで酒盛りとなったのだ。琥珀は念のため警戒を怠《おこた》らなかったが、タイ人が再び襲ってくる心配はほとんど無いだろうとの判断で酒盛りを許可した。

ミシェーレがふいに顔を上げた。

「リナが消えた部屋を、見せて頂いてもよろしいですか」

「ああ」

四人でぞろぞろと三階へと昇った。リナが泊まったのは、一番端の部屋だ。

前の住人が残したらしい生活道具が転がり、酒瓶《さかびん》も放置されている。床に直接置かれたマットレスはボロボロで、おそらく南京虫《なんきんむし》の温床《おんしょう》だろう。

ミシェーレは感慨深げに部屋を見回した。

「ベッドはないのですね。四十三年前は立派な天蓋《てんがい》付きのがあったのですが」

「熱帯じゃ木製の家具はすぐ腐《くさ》るからな。長持ちしない」

「トイレとシャワーブースもあったのですが」

「それも取り払ったんでしょうね。配管《はいかん》の跡はあります」

ミシェーレは樹で塞《ふさ》がれた窓に近づいた。壁を割り、中にまで侵食《しんしょく》している。

「菩提樹《ぼだいじゅ》と……こっちは榕樹《ガジュマル》ですね。お互いに絡み合って蛇《へび》のようだ」

確かにそれは、蛇の交尾によく似ていた。これを美しいと思うか生理的嫌悪を覚えるかは人それぞれだろうが、住みづらい部屋であることは間違いない。

ミシェーレはもう一つの窓にも近寄った。こちらはまだ植物に侵食されておらず、直射日光も差し込む。

「以前はここに鉄格子《てつごうし》がはまっていたのですよ。しゃれた中国趣味《シノワズリ》スタイルのものが」

「そんなもん、ここの住人の誰かが売っ払っちまったんだろ」

翡翠の推測はおそらく当たっているだろう。琥珀と翡翠が住み着く前は怪しげな住人が入れ替わり立ち替わりしていたらしいから、鉄格子は金に換えられたのだ。

「しかし、四十三年経《た》った今でも不思議でなりません。リナはいったいどこに消えたのでしょう」

ミシェーレの話では、当時から正面の窓は樹で塞がれ、もう一つには鉄格子がはまっていた。そしてリナは内側から鍵をかけた。完全な密室だ。

――密室。

菩提樹と榕樹。

琥珀の脳裏《のうり》に何かが浮かんだ。あれはコンゴだったか。いや、グァテマラだ。密林の中で、これと同じように絡み合った木々をたくさん見た。

「締め殺しの樹か」

琥珀が呟くと、珊瑚が答えた。

「そうそう、菩提樹とか榕樹とか、あとはイチジクなんかは他の植物に巻き付いて殺しちゃうんだよね。だから絞め殺しの樹なんて物騒《ぶっそう》な呼ばれ方をしている」

まさか。

いや、可能性はある。自分はグァテマラで実際に見たではないか。

琥珀はミシェーレに尋ねた。

「『空の涙』には台座がついていたと言ったな？」

「え、ええ。金の細工物だったと記憶しています」

「分かった。買い物をしてくる」

呆気《あっけ》にとられる三人を残し、琥珀は外に出た。すぐその辺で売っているはずだ。

琥珀が買い物をして戻ってくると、手持ち無沙汰《ぶさた》だったらしい三人から次々話しかけられた。

「琥珀さん、いったい何すか」

「買い物されたのですか？」

「何か分かったの？」

それには答えず、琥珀は買い物を袋から取り出した。

「……金属探知機？」

「ああ」

以前の物と比べてずいぶん軽く、小型化された。トレジャーハンターは必ず持っており、地雷撤去《てっきょ》にも活躍している機械だ。

何をする気かと三人が見守る中、琥珀は樹に塞がれた窓に近づいた。樹皮《じゅひ》に沿って丁寧に金属探知機をかける。

――反応があった。

ミシェーレが震える声で言う。

「まさか」

「おそらく、リナと『空の涙』はこの樹に埋もれている」

翡翠、珊瑚、ミシェーレは絶句した。

最も簡単だが、最もありそうに無い答え。

我に返ったミシェーレが言った。

「いえ、当時から窓はしっかりと樹に塞がれていました。人が隠れる空間などどこにも――」

「絞め殺しの樹の内部には、空洞が出来ることがある。絞め殺された植物が枯れ、腐り落ち、外側の樹だけが鎧《よろい》のように残る」

グァテマラの密林で見たのは、そんな絞め殺しの樹の内部で朽《く》ち果てていた白骨だ。おそらくそこに逃げ込んだまま、熱病か何かで死んだのだろう。

「で、でも内部が空洞だとしても中に入るのは不可能です。樹皮で完全に覆われてました」

「当時ならまだ、枝も若かっただろう。女の力でも無理矢理にこじ開けることは可能だ。リナは小柄だったか？」

「は、はい。確かに——そう言えば」

ミシェーレはハッと息を飲んだ。勢い込んで続ける。

「幼い頃からの踊りの訓練のせいで、肩が外れやすくなっていると言っていました。物凄《ものすご》く痛いが自分ではめ直すことも出来ると」

「プロのダンサーなら関節も柔らかいな」

渾身《こんしん》の力を込めて絞め殺しの樹の枝を押し開ける。肩を外して中の空洞に滑《すべ》り込み、枝と葉ですき間を埋める。外目にはただの絡まった樹にしか見えない。

ミシェーレの声が細かく震えだした。

「では、彼女はずっとこの中に……」

「隙を見て逃げ出すつもりではあっただろうな。だがおそらく、その前に死んでしまった」

ミシェーレの瞳に涙が浮かんだ。窓を塞ぐ樹をじっと見つめる。

「死因は何でしょうか」

「想像でしかないが、バンテアイ・スレイから逃げる途中、蛇に噛まれたと言ったな。その時の咬傷《こうしょう》が元で感染症にかかっていたのかもしれん」

彼女が消える直前、熱があったようだとミシェーレは言っていた。おそらく密林でたちの悪い病気にかかったのだ。

ミシェーレの皺深い顔に涙がぽろぽろ流れた。ハンカチで口元を押さえる。

「逃げる途中、国境を越えたタイの田舎村できちんと手当てはしてもらったのです。彼女の噛み傷も、私の銃創《じゅうそう》も……燭銀街についたらまず、医者に診《み》てもらえばよかった。『空の涙』を引き渡してからと思っていたんですが、遅かった」

「ジャングルで感染症にかかったら、数時間の違いなんか意味は無い。彼女の運命はもう決まっていたはずだ」

ミシェーレが自分を責める必要は無いと伝えたかった。だが、そんななぐさめなど何の意味も無いだろう。

翡翠も付け加えた。

「カーッと熱が出たらボーッとなって一瞬であの世行きだ。多分、そんなに苦しまなかったと思うぜ」

適当な口調だが、目は心配そうにミシェーレを見ている。他人を慰めるなんて彼らしくないが、ミシェーレと一緒にあちこち旅をして、さらに情が湧いたようだ。

その時、黙り込んでいた珊瑚が言った。

「ミシェーレさん。そのタイの田舎村の名前は分かりますか？」

「名前は知りませんが、スリン県のフォンソン湖の近くでした」

「スリン県！」

なぜか驚いた珊瑚は、メモ帳をパラパラとめくった。琥珀と翡翠に見せる。

「ほら、先日、宝飾店に依頼してきたタイ人の政治家。スリン県出身だよ」

「それがどーしたっつうんだよ」

「タイの田舎村の村長さんがミシェーレさんとリナさんをもてなしてくれたんだよね。その時に久しぶりにゆっくり水浴びも出来た。そうですね？」

「は、はい」

戸惑いながらミシェーレがうなずく。

ようやく琥珀にも、珊瑚が何を言いたいか分かってきた。襲ってきたタイ人。ここでつながるのか。

「リナさんが水浴びをした時、髪から『空の涙』を外したでしょう。おそらく首から提げていたに違いありません。それを、村長の家人の誰かが見たんです」

ミシェーレが息を飲んだ。心当たりがあるのだろう。

「……村長の奥さんが、リナに新しい服をくれました。風呂場まで持っていったはずです」

「奥さんはそれを村長に話した。だが彼らは善人だったので、『カンボジアから何か大事な物を持った訳ありの美人とフランス人が逃げてきた』ことは知りつつ、黙って送り出してくれた」

敬虔《けいけん》な仏教徒だったという彼らは、他人の物を盗むなんて思いも寄らなかったのだろう。

だが、その話は代々、村長家に伝わった。

そして現代、年齢的に孫世代であろう男が選挙に立候補し、当選する。彼は活動資金が欲しかった。そしてふと、祖父が話していた「宝を持った美女」の話を思い出す。

「調べさせれば、四十三年前に『空の涙』がカンボジア王宮から持ち出されたことはすぐ分かるでしょう。それに関わったミシェーレというフランス人も、リナが忽然《こつぜん》と消えた宝飾店のことも」

「はー、それで俺らに接触図《はか》ろうとして依頼してきたのか、あのタイ人政治家は」

元々妙な依頼だった。

燭銀街に行くから護衛しろというものなのだが、政治家なら信頼の置ける自分のボディガードを使うのが普通だ。わざわざ訪問先で調達するなどおかしいのだ。

「彼はおそらく、宝飾店ビルのどこかに『空の涙』が隠されていると思っていたんでしょうね。宝飾店に依頼するという名目でビルに入り、自分で捜すつもりだったのでしょう」

だが鍵を握るはずのミシェーレはいきなり燭銀街を飛び出し、カンボジアに行ってしまう。

あげく、フランス、オランダ、ソ連だ。部下達に追わせたはいいが、何をしているのかさっぱり分からず、混乱したことだろう。

「依頼はもう断ってあるが、後で釘を刺しておく。これ以上、ミシェーレに付きまとうならマスコミにばらすぞと脅《おど》す」

「うん、それがいいと思う。政治家は何よりスキャンダルを嫌うからね」

だがミシェーレは政治家の話などどうでもよさそうだった。リナが埋まっているであろう菩提樹の樹皮を、そっと撫でる。

「彼女を取り出すことは出来るでしょうか」

「無理だろうな。当時は空洞だったかもしれないが、絞め殺しの樹そのものが生長している。おそらく完全に樹皮に埋もれているだろう」

「そうですね……『空の涙』だけなら可能でしょうか」

「金属探知機で位置は分かるからな。そんな器用なことが出来そうな爺さんを一人知ってる」

近所に住む王《ワン》さんは、このビルのメンテナンスを請《う》け負《お》ってくれている元工作兵の老人だ。寡黙《かもく》でシャイだが、電気系統だろうと配管だろうと全て一人で修理してしまう有能な人物だ。琥珀も頼りにしている。

「王さんだね。僕、呼んでくる！」

珊瑚がどこかワクワクした顔で一階に降りていった。いよいよカンボジアの至宝が見られるかもしれないと期待している顔だ。

ほどなくして、彼は王さんを伴《ともな》って戻ってきた。ミシェーレに紹介する。

「王さん、こちらがさっき説明したミシェーレさ――」

だが珊瑚が紹介を終える前に、王さんとミシェーレがいきなり固く抱擁《ほうよう》したので驚いた。珊瑚も翡翠もぽかんと口を開けている。

ミシェーレから頬を撫でられ、王さんは子どものような笑顔で彼に言った。

「先生」

まさか、この二人は知り合いなのか。琥珀がそう尋ねる前に、ミシェーレが王さんをこう呼んだ。

「ソク」

――ソク？

ミシェーレの昔話に出てきた、十歳足らずで近衛《このえ》兵を撃退した勇敢な少年か？

翡翠の口から煙草がポトリと落ちた。

「え、マジ⁉」

珊瑚も勢い込んで尋ねる。

「王さん、中国人じゃなかったんですか！」

王さんはコクコク頷いた。ミシェーレが笑顔で言う。

「私はずっとソクを支援していましたが、彼の祖父が亡くなると燭銀街に出てきました。そして『空の涙』とリナを捜す手伝いをすると申し出てくれたのです」

「ええぇ、マジかよ！」

翡翠と珊瑚はまだ驚いているが、確かにありそうな話ではある。ソクはカンボジア人とばれないよう中国籍を取り、名前を変え、ミシェーレのために燭銀街中をしらみつぶしに捜し歩いた。

だが何一つ手がかりを得ることが出来ず、やがて戦争に突入。ソクも軍に志願し、あまりの有能さであっという間に出世して、とうとう工兵隊長にまで上り詰める。

琥珀は聞いた。

「俺たちと知り合ったのは偶然か？」

すると王さん――ソクは広東語《カントン》で答えた。

「リナが消えたビルの近くに住み、ビルも修理しながらずっと調べていた。そしたらお前たちが後から来た」

そう言えばそうだ。

元々彼は、このビルのメンテナンスをしているからということで琥珀と知り合った。その後、有能なのが分かってあれこれ頼るようになったのだ。

王さんはドリル、手斧《ておの》、バーナー、小刀などをマットレスに並べ、金属探知機を何度も鳴らしながら、少しずつ樹皮を削《けず》っていった。額《ひたい》に汗を浮かべ、慎重に作業している。

やがて彼は小さな袋と骨をミシェーレに手渡した。

「骨、これだけ取り出せた。小指だと思う」

ミシェーレは震える唇で、ありがとうと呟いた。ボロボロになった袋をそっと剝がす。

青く、美しい宝石がそこにあった。

空を閉じ込めたような色合いだ。日光を反射し、キラキラと輝いている。

「『空の涙』はモナ・リザの手の中に。ポールが伝えてくれたのは本当だったんですね。私は彼にリナを『東洋のモナ・リザだよ』と紹介した」

「考えたあげく、俺と同じ結論に達したんだろう。金属探知機で確認もしたかもしれん」

おそらくポールは、リナが腐っていく臭《にお》いで気づいたはずだ。

だが琥珀はミシェーレにはそれを伝えないことにした。彼女は彼にとって永遠に美しい天女《デヴァータ》のままでいい。

ポールは死体の臭いが漏れないよう細工をし、リナと宝石を樹の中に眠らせたままにした。カンボジアに危機が訪れたら、ミシェーレが掘り出して使ってくれる。そう信じたのだろう。

ミシェーレは両手の中に『空の涙』とリナの小指をそっと閉じ込めた。

「やっと……やっと会えた、私のモナ・リザ」

王さんが彼を強く抱きしめる。

二人は声を絞《しぼ》るように泣いた。

四十三年前に一緒に逃避行《とうひこう》した三人と宝石が、今、再会を果たしたのだ。

リナの墓守《はかもり》はあなた達にまかせます。

ミシェーレはそう言って、王さんと共に宝飾店を辞した。これから積もる話もあるのだろう。

もう夕暮れだ。

あれこれ買い込んできた翡翠が、料理を始める。

「ロシアで調味料いっぱい買ってきたんすよ。解決祝いだ、ぱーっとやろうぜ」

「お前、ロシア料理気に入ったんだな」

「酒に合うじゃん」

珊瑚がずるずるとソファに崩れ落ち、深い溜め息をついた。

「長かった。今度の事件はほんとーに長かった」

「日数はたいしたことないが、確かに密度が濃かったな」

「まさか自分の住んでるビルに美女の白骨死体と国宝の宝石が埋まってるなんて、誰が信じられる?」

「まあ、あの部屋に誰かが今後住むこともないだろうから、構わんな」

これ以上、宝飾店にメンバーを増やすつもりはない。この三人で満足している。

翡翠が次々と皿を並べ始めた。ボルシチ、ビーフストロガノフ、ロシア風水餃子《すいぎょうざ》のペリメニ、キエフのカツレツ、だそうだ。

そして、彼が最も気に入っていたピロシキが大量にドン、と置かれる。

「お前、これよほど好きなんだな。太るぞ」

「俺、人生で一度も太ったことねーもん」

「僕は小学生の時、ちょっとポッチャリしたなあ。全然運動しなかったから」

たわいもない話をしながら、飯を食い、酒を飲んだ。

しっかり根を張った樹木のビルに集った、三人の根無し草。

次はいつ流れていくのか分からない。このささやかな日々がいつ終わるのかも分からない。

だが、今だけは。

今、この瞬間だけは、ここにとどまっていたいと願う。

—小さな令嬢事件—

お前ら、仲良くしろ。

ある日の夕飯時、琥珀《こはく》からそう言われた珊瑚《さんご》は、がらにもなく憤慨《ふんがい》しそうになった。

お前ら、の「ら」に含まれているのは自分と翡翠《ひすい》だ。二人で下らない口論をし、渋い顔の琥珀に諫《いさ》められたのだ。

その場ではリーダーの言うことを聞き入れ口喧嘩は止《や》んだが、直後に翡翠から子供じみた仕草でベロリと舌を出され、珊瑚はどうしても納得がいかなかった。

最初に突っかかってきたのは翡翠の方だ。

珊瑚としては先輩である彼に充分な敬意を払い、情報収集その他の面で護衛の仕事をサポートしているつもりなのに、あっちがなかなか心を開いてくれない。琥珀にとって唯一無二の相棒だと自負していたのに、珊瑚という異分子が入り込んで来たのが気にくわないらしい。

以前、琥珀の留守中に二人で楽しく飲んだこともあったのだが、それは翡翠の罠《わな》だった。自分が招いた厄介《やっかい》ごとに珊瑚を巻き込み、あろうことか身代わりにしようとしたのだ。おかげで見知らぬ少女と結婚させられるのかと焦《あせ》ってしまった。

坊ちゃん育ちで、誰かと争った経験などほとんどない珊瑚だったが、いつか翡翠には意趣返《いしゅがえ》しをしてやろうと心に決めた。もちろん大ごとにするつもりはなく、少しばかり困らせられればそれでいい。

だが中々その機会は訪れなかった。

宝飾店に持ち込まれるのは無理難題に近いような依頼も多い。その任務を全《まっと》うすると、評判を聞きつけた新たな依頼人がまた別の無理難題を持ち込んでくる。大きな事件の連続で、翡翠に「ちょっとした」仕返しが出来るような仕事が無いのだ。

それからしばらくして、数ヵ国をめぐるミシェーレの依頼を終えた直後のことだった。

書店が建ち並ぶ一角で、珊瑚は上品な老婦人から声をかけられた。

「お若い方、少しいいかしら?」

イギリス英語で、上流階級のアクセントだ。白髪は見事に結い上げられ、レトロなドレスに白手袋、ビーズの刺繍《ししゅう》された日傘《ひがさ》。古典映画から抜け出てきたような貴婦人スタイルだ。

彼女の隣にはお堅そうな眼鏡の女性も控えているが、珊瑚はどちらの婦人にも見覚えがない。

「何でしょう、マダムたち」

珊瑚の返事を聞いた老婦人は、少しだけ目を見開いた。

「あら、イギリスの方?」

「アメリカ人ですが、父がロンドン出身です」

「まあ、どうりで。この街でまともなアクセントの英語を話す人は久しぶりだわ。お名前を教えて下さらないこと」

上流階級特有の悪びれない他国見下しに苦笑しつつ、珊瑚は丁寧に答えた。

「珊瑚と申します、マダム」

「そう、わたくしはレディ・フェリシアです」

差し出された右手を反射的に握り返しそうになった珊瑚だったが、ハッと息を飲んで軽く膝を曲げ、彼女の手の甲に軽くキスした。淑女《レディ》に対して握手をしようものなら、この無礼なアメリカ人めと眉をひそめられかねない。

レディ・フェリシアは眼鏡の中年女性を紹介した。

「こちらはミス・テイラー。わたくしの付添人《コンパニオン》よ」

彼女は右手を差し出そうとはせず、珊瑚に粛々《しゅくしゅく》と黙礼《もくれい》した。コンパニオンとは貴婦人の話し相手となるのが仕事で、使用人よりは格上と位置づけられる。現代ではほぼ滅んだ職業と言ってよく、珊瑚もアガサ・クリスティの小説や映画以外で初めてお目にかかった。

レディ・フェリシアは鷹揚《おうよう》な笑みで珊瑚に言った。

「お聞きしたいことがあるのだけれど、少しお時間を頂いてもよろしくて？」

燭銀街《しろがねがい》にそぐわない貴婦人が、初対面の珊瑚に尋ねたいこと？　いったい何だろう。

お茶に誘われた珊瑚が興味津々《しんしん》で応じると、クリームティーのセットが百五十ドルもするような店に連れて行かれた。貴婦人は給仕などとは口をきかないので、注文するのは当然、コンパニオンであるミス・テイラーの役目だ。

紅茶とスコーンが運ばれてくる間、レディ・フェリシアは簡単に自己紹介をした。「まだイギリスに伝統と秩序が息づいていた」時代にイングランド南部の貴族の家に生まれた彼女は、幸せな結婚生活の後に未亡人となり悠々自適の生活を送っていたが、一ヵ月前、信頼している占い師から「東に行って混沌《カオス》を求めよ。そこで幸福に出会う」との神託《しんたく》を受けた。

レディ・フェリシアは「東の混沌」を、悪名高い燭銀街だと解釈した。すぐさま付添人のミス・テイラーを伴《ともな》って飛行機に乗り込み、東の果ての猥雑《わいざつ》な街にはるばるやってきて、ホテルのスイートで暮らしているらしい。

占い師を信じてアジアの果てまで旅してくるとは、この年で見上げた行動力の持ち主とも言えるが、そんな女性が珊瑚に何の用なのだ。

「それで本題なのですけれど、珊瑚さんとおっしゃったわね。お聞きしたいのは、あなたのご友人のことなの。緑の瞳をお持ちのお若い方、いらっしゃるでしょう」

――翡翠？

欧州《ヨーロッパ》でも比較的珍しいグリーンの目は、ここ燭銀街ではもっと少ない。レディ・フェリシアの言う「ご友人」は翡翠で間違いないとは思うが。珊瑚は少々警戒しつつ答えた。

「ええ、心当たりはありますが。彼が何か？」

「実は、命を救って頂いたのよ。なのに名前も分からなくて」

「え⁉」

レディ・フェリシアの話によると、ミス・テイラーと共にオープンテラスのカフェで優雅にアフタヌーン・ティーをたしなんでいたところ、ココナッツが頭上に降ってきたそうだ。頭を直撃するかと思われた瞬間、たまたま通りかかった翡翠がとっさに手を伸ばしてそれを弾《はじ》いた。ココナッツは隣のテーブルに突っ込み、粉々になったグラスと皿を見てレディ・フェリシアはゾッとしたそうだ。

「ようやく動悸《どうき》が治まって、彼にお礼を言おうとしたのだけれど、急いでいるからとさっさと行ってしまって。名前も聞けなかったの。ちょうど七日前の日曜日のことよ」

一週間前なら、燭銀アスコット競馬場で大きなレースがあった日だ。お目当ての馬に全額突っ込むと息巻いていたし、翡翠はその時、競馬場へ急いでいたのだろう。

その後、彼女は命の恩人である若者を探させたが、どうしても見つけることが出来なかった。そのカフェがある辺りは高級住宅地で、普段は翡翠が出入りするエリアではない。大事なレースの日だからたまたま通りかかっただけだろう。

「確かに、僕の友人である翡翠に間違いないと思います、外見の特徴も合いますし。でも、なぜ僕が彼と知り合いだと分かったのですか？」

その質問には、付添人のミス・テイラーが眼鏡を押し上げながら答えた。

「先日、あの若者とあなたが一緒に歩いているのを見かけたのですが、人混みで見失ってしまい……それでも、あなたがカヒオ書店のカバーをかけた本を何冊も持っているのだけは覚えていました。本好きな青年なら、この書店通りにくれば再会できるのではと思ったのです」

なるほど、翡翠ではなく一緒にいた珊瑚をまず捜したのか。確かに三日前、カヒオ書店の帰りに翡翠につかまり、調味料の買い出しをするから荷物持ちに来いと命令された。

しかし書店オリジナルのブックカバーを遠目で見分けるなど、ミス・テイラーも相当な読書好きなのだろう。本が好きなら書店の並ぶ通りでいつか会えると考えるのも、彼女自身が本好きだからに違いない。

「それで、翡翠に会ってお礼を言いたいということですか？」

正直、あまりお勧めできない。翡翠はたまたま通りかかって反射的にココナッツを弾いただけだろうし、感謝の気持ちを表したいなら現金よこせよ婆さん、と手を突き出しかねない。

だが、レディ・フェリシアはゆっくりと首を振った。

「お礼を言いたいのもあるけれど、私の孫娘に、彼をもう一度会わせてあげたいの」

「――お孫さんに？」

唐突に登場した孫娘の存在には驚いた。てっきり、ミス・テイラーとの二人旅だとばかり思っていたのに孫娘も来ていたのか。

だが、レディ・フェリシアが続けた言葉に珊瑚はもっと驚くはめになった。

「翡翠さんとおっしゃる方、テーブルにいた私の孫娘アリスをチラッと見て、『可愛いな』って呟いたのよ。優しく微笑んで。それからすぐ立ち去ったの」

「……翡翠がですか？」

イギリスから連れて来たのだから孫娘と言っても立派な大人だろうが、それに軽口を投げかけるなど、翡翠らしくもない。しかも、「優しく微笑んで」だと？　絶対に有り得ない。

「アリスは何も言わないけど、もう一度だけでも翡翠さんに会いたがっているの、私には分かるのよ。颯爽《さっそう》と登場して祖母の命を救ってくれた彼が頼もしく見えたのね」

「はあ……」

颯爽と現れ、女性に対して優しく微笑む翡翠。どこの異世界の話だろう。

レディ・フェリシアは深く溜め息をついた。

「実は、アリスには身の危険が迫《せま》っているのよ。私がアリスに全財産を残すと宣言したら一族が大騒ぎになって、誰かに殺されかねないの。そのせいか最近は体調が良くなくて、ホテルで看護婦に付き添わせているわ」

相続問題か。実にありふれた話だし、宝飾店も遺産相続絡《がら》みの事件に巻き込まれたことはある。古今東西、財産家には必ずついて回る悩みの種だ。

珊瑚はふと、尋ねてみた。

「失礼ですが、ミス・アリスはおいくつですか？」

「五歳よ」

さすがに珊瑚は絶句した。五歳の孫をこんな治安の悪い街に連れて来たのか？

「――」

目を見張っていると、レディ・フェリシアは微笑んだ。

「あら、五歳といっても立派なレディなのよ。少々シャイで、異性に積極的になれないけれど」

「……その、五歳のレディが翡翠を一目で慕《した》ったと、そうおっしゃるんですか」

「慕う。何て素敵な言葉を使うの、あなたは。やはり半分イギリス人ね」

ふいに、これは翡翠に対するちょっとした意趣返しになりそうな案件ではないかと思った。

護衛対象には四六時中貼り付くことも多い。五歳の少女から好かれればさすがの翡翠も邪険《じゃけん》には出来ないし、彼はアリスの遊び相手を強要されるのではないだろうか。

たとえ彼がそれを拒否したくても、琥珀が許さないだろう。要求されるセキュリティレベルにもよるが、琥珀は護衛対象の精神状態をなるべく良い状態に保とうとする。アリスが翡翠に遊んで欲しいと言うなら、安全な場所で遊んでやれと言うはずだ。

内心、ほくそ笑んだ。幼い少女に振り回されて辟易《へきえき》する翡翠の図、というものが見られるかもしれない。

珊瑚はレディ・フェリシアとミス・テイラーに向かってにこやかに言った。

「実は、僕と翡翠は、琥珀というリーダーのもとで護衛《ボディガード》の仕事をしています。この街では最高の腕だと、これまでの依頼人の方々からもお褒《ほ》めの言葉を頂いておりますよ」

宝飾店の事務所に戻った珊瑚は、ココナッツからご年配の貴婦人を守った覚えがあるかと翡翠に尋ねてみた。

彼は「ハァ?」という顔になったが、プリンス・オブ・ウェールズ杯のレースの日だけれど、と付け加えると、ようやく思い出したようだった。

「あー、そういやココナッツに脳天直撃されそうになってた婆さんいたな。レース直前に人死に見かけたら験《げん》が悪ィから、とっさに手ェ出しちまったけど」

なるほど、ギャンブル好きが験担《げんかつ》ぎで人助けをしただけか。そんなことだろうと思っていた。

案の定、彼はレディ・フェリシアだけではなく、その場にいたはずのミス・テイラー、アリスのことも全く覚えていなかった。目にも入っていなかったのだろう。

「そのご婦人が君に会いたいんだって。というより、宝飾店に依頼したいって」

珊瑚は琥珀と翡翠に、イギリスから来た老婦人が相続人である孫娘の護衛を希望していることを伝えた。

だが、孫娘のアリスがたった五歳であること、翡翠を慕っていることは黙っておいた。直接会って、断れない状態になってからオタオタすればいいのだ。

琥珀は黙って珊瑚の話を聞いていたが、一言だけ尋ねた。

「その話を俺たちまで持ってきたということは、お前の能力で怪しいとは感じなかったんだな」

「全く。翡翠につながる僕を見つけてレディ・フェリシアが喜んでいたのも、アリスのことを心底案じているのも本当だよ」

「その付添人とかいう女は。妙な『声』は聞こえなかったか」

「ミス・テイラーは見た目どおり真面目な人みたいで、淡々と職務をこなしているように見えた。でも、アリスのことを案じているらしい『声』は少しだけ聞こえたよ」

「なるほど」

琥珀の判断で、とりあえずミス・フェリシアに話を聞こうということになった。

翡翠が肩をすくめて言う。

「なーんか、テメェが宝飾店に入ってからお上品な奴らからの依頼増えたよな、大金持ちだの貴族だの。前はマフィアとか悪徳成金《あくとくなりきん》多かったのに、お坊ちゃんには似たようなの引き寄せられんのかよ」

ボンボン育ちを揶揄《やゆ》するような言葉に珊瑚がムッとして反論しようとすると、先に琥珀が言った。

「上流階級からの依頼が増えたのは、彼らが珊瑚の人となりに安心感を覚えるからだ。俺とお前だけじゃ中々信頼されないだろう。——それに、貴族や金持ちを安心させるのは珊瑚かもしれないが、最初に目を付けられるのは大体お前だろ、翡翠」

「え」

「上流というより、老人はなぜかお前に目をかけるな。ミシェーレといい、レディ・フェリシアといい」

確かに、ミシェーレ老人と最初に話したのは翡翠だった。レディ・フェリシアも翡翠を捜していた。琥珀はかすかな微笑みを浮かべた。

「老人から見ると、放っておけない雰囲気でもあるのかもな、お前は」

「ええ……」

狼狽《ろうばい》した表情の翡翠に、珊瑚は内心笑いたくなった。

翡翠はすれているようで、たまに妙に子どもっぽいところを見せることがある。そういうところがお年寄りを引き寄せるのだろう。

(この依頼はいいぞ)

レディ・フェリシアに孫のように扱われ、五歳のアリスからは慕われ、困惑する翡翠の姿が目に浮かぶようだ。

琥珀のゴーサインを得てさっそくミス・テイラーに連絡を取った珊瑚は、面会を取り付けた。滞在している高級ホテルのスイートで、アリスを紹介してくれるそうだ。

翌日、指定されたホテルに向かった三人は、こちらで雇われたという臨時の執事からスイートまで案内された。本来なら琥珀や翡翠の服装では出入りを断られるところだが、レディ・フェリシアからのお達しが行き届いているのか、ボーイはみな慇懃な態度だ。

最上階を独占するスイートでは、レディ・フェリシアが待ち構えていた。執事と数人のメイド、そしてミス・テイラーを控えさせた彼女は、帽子に乗った孔雀《くじゃく》の羽根飾りを揺らして立ち上がり、翡翠を見て嬉しそうに笑った。

「ああ、お目にかかりたかったのよ、命の恩人のお若い方」

彼女が優雅に差し出した右手を、翡翠は不審そうに見下ろした。突っ立ったまま、彼女の顔と手袋を交互に見ている。隣の琥珀も黙ったままだ。

戸惑った表情になったレディ・フェリシアに、珊瑚は咳払《せきばら》いをしてから言った。

「恐れ入りますが、レディ。彼らは武器を持つ手で貴婦人に触れることを失礼と考え、よしといたしません。ご無礼をお許し下さい」

「ま、まあ。そうなの」

彼女の頬はかすかにこわばったが、これは下層階級の者から受けた無礼ではなく、異国の習慣の違いであると解釈したのだろう。鷹揚な態度で頷き、メイドが運んできたお茶を勧め、天気の話から入ろうとしたが、琥珀に遮《さえぎ》られた。

「話は単刀直入に頼む。まずは護衛対象に会わせてくれ」

その言葉にレディ・フェリシアは驚愕の表情になった。まさか自分の会話を邪魔する人間がこの世に存在するなんて思ってもいなかった様子だ。

だが、ミス・テイラーが如才《じょさい》なく割って入った。

「アリス様は本日、ご機嫌がよろしいようです。今のうちに護衛に引き合わせられては」

「それもそうね。アリスの安全が第一ですもの、まずは護衛との相性を確かめなくては。ミス・テイラー、アリスを連れてきてちょうだい」

「かしこまりました」

きびきびと一礼して出て行くミス・テイラーを、珊瑚は期待して見送った。五歳のアリス嬢のお出ましだ。

やがて、ミス・テイラーが再び扉を開けた。

だが、手を引かれているかと思っていた少女はどこにもいない。代わりに、彼女は銀の籠《かご》を捧《ささ》げている。

籠に敷き詰められているのは絹とレースのクッション、そこに鎮座《ちんざ》しているのは――小さな白いウサギだ。

珊瑚は目を見開いた。隣では翡翠が「は？」と声をあげている。

レディ・フェリシアが相好《そうごう》を崩しながら銀の籠を開け、ウサギを抱き上げた。

「紹介いたしますわ。私の孫娘にして唯一の相続人、アリスです」

「えっ、あの、アリスさんは五歳の女の子では――」

驚いて立ち上がった珊瑚に、彼女は微笑んで言った。

「ええ、アリスは今年五歳になったばかり。ウサギだともう立派な成人なのよ」

目を白黒させる珊瑚に、翡翠がフーッと煙草の煙を噴きかけた。

「おいおい、お坊ちゃんよお。てめ、ウサ公の護衛引き受けるつもりだったのかよ」

胸ぐらをつかまれそうになり、珊瑚は慌てて両手を振った。

「いや、僕は五歳のお嬢さんが翡翠を気に入ったときいて、それで——」

「つまり、珊瑚は護衛対象が五歳であること、翡翠を気に入っていることを知ってて、俺たちには黙ってたわけだな」

琥珀から冷静に突っ込まれ、珊瑚はウッと息を飲んだ。しまった、つい。

「要するに、小さな女の子に絡まれて戸惑う翡翠が見たかった。そうだな？」

「……はい」

さすがリーダー、察しがいい。この分では、珊瑚が以前、翡翠から騒動に巻き込まれた意趣返しを常々狙っていたこともお見通しだろう。

翡翠はヘラヘラ笑って珊瑚の顔を下からのぞき込んだ。実に腹の立つ顔で言う。

「ざーんねんでしたー、ウサちゃんのお守《も》りがしたけりゃ一人でやればあ？」

「——あのさ、今まで我慢してたけど、僕は翡翠のそういう態度に腹を据《す》えかねて」

「うっせ！　俺の方がセンパイなのセンパイ！　黙って言うこと聞け！」

「嫌だよ、そりゃ翡翠の銃の腕は認めるけど、僕はそれ以外で役に立ってるって自負《じふ》が――」

突然、首根っこをガシッとつかまれた。

「お前ら、いい加減にしろ」

翡翠と珊瑚の襟首《えりくび》をつかんだ琥珀は、突然勃発《ぼっぱつ》した言い争いに唖然《あぜん》としていたレディ・フェリシアに向かって、二人をグイッと突き出した。

「あんたの孫娘の護衛はこいつら二人がやる、好きに使ってくれ。以上」

「……アリス嬢とは二十七日前、つまりレディ・フェリシアが燭銀街に上陸して三日後、リトル・マンチェスターのペットショップで運命的に出会ったそうだよ。すぐさま引き取り、アリスと名付け、孫娘同様に可愛がった」

珊瑚がぼそぼそと読み上げる手帳の内容を、翡翠はブスッとそっぽを向いて聞いていた。客間の窓辺にぐんにゃりともたれかかり、かたくなにこちらを見ようとしない。

そして、大理石のテーブルの上には護衛対象のアリス。絹のクッションに鎮座し無心に草を食《は》んでいる。

「……レディ・フェリシアはアリスと過ごすうち、彼女こそ占い師の言っていた『東の混沌《カオス》で

出会える幸福』だと確信するに至った。そこでアリスを養女にし、全財産を譲《ゆず》ることにしたとイングランドの屋敷に電報を打った。もちろん大騒ぎになって、彼女の子供たちを含めた親戚一同が今、燭銀街を目指しているらしい」

「……そりゃいつの話だよ」

ようやく翡翠が答えた。

嫌々ながらも、護衛に必要な最低限の情報は確認しよう、という意思だけは見て取れる。

「イングランド時間で一昨日《おととい》の夜。チャーター機で飛んできたレディの子供たちはすでに香港《ホンコン》入りして、大急ぎで燭銀街を目指している最中」

とたんに翡翠が珊瑚を振り返った。

「いま香港ならすぐにでもここ着くじゃねえか！」

「だからこうして報告してるんだよ、僕も！」

琥珀が翡翠と珊瑚にアリスの護衛を命じると、「俺は日本から来た別件の依頼を確認してくる」と言い置き、さっさと出て行った。その依頼がどんなものかは教えてくれもしなかった。

思うに、このアリス嬢護衛の件は、いつまでも小競《こぜ》り合いをしていた翡翠と珊瑚に対する罰則的意味合いもあるのだろう。金持ちのペットの護衛ぐらい、お前ら二人で「仲良く」やれよ、というわけだ。

軽く溜め息をついた珊瑚は、なるべく淡々と報告を続けた。

「レディ・フェリシアは遺言状書き換えのためにイングランドから顧問弁護士も呼び寄せているそうだけど、なぜか彼の乗った列車は事故で遅れ、飛行機に間に合わず、次に乗ろうとした便もダブルブッキングでキャンセルされたらしい」

「そりゃずいぶんと都合のいいこったな。金の亡者《もうじゃ》の親族どもが先に燭銀街に着いちまう」

「僕も偶然では有り得ないと思う。後で事故についてイギリス国鉄に問い合わせてみるよ」

珊瑚は手帳をめくり、レディ・フェリシアの親族関係を読み上げた。

「彼女は三男四女の子があり、そのうち六人が結婚、直系の孫は十九人。亡くなった夫には兄弟姉妹が八人、その子孫達が四十八人。そして長年勤めてきた使用人が三十五人。今の遺言書では彼ら全てに財産分与《ぶんよ》があり、残りはレディが理事を務める慈善団体に寄付の予定だった」

「……まさか、あの婆さん、それ全部キャンセルするつもりか」

「全部じゃないよ、自分の親族のみキャンセルで一セントも渡さず、使用人たちには元通り渡すつもりみたい」

「つまり、あのミス・テイラーって眼鏡女は遺言書がどうなろうともらえる金は同じなんだな」

「そう、レディ・フェリシアが最も信頼するミス・テイラーには、莫大《ばくだい》な額が約束されている。ご主人様が天に召されるその日まで、粛々と付添人を務めればいいだけだ」

「ってこたあ、当面はこれから押し寄せる親戚どもを――」

翡翠が言いかけた時、客間の向こうがバタバタと騒がしくなった。

メイドの悲鳴に続き、ミス・テイラーが必死で制止する声がする。

「お待ちくださいい、アリス様のいらっしゃるお部屋は、許可なくしては――」

「うるさい！」

との叫び声と共に、客間のドアが大きな音を立てて開いた。

はげ頭のオッサンが乗り込んできたかと思ったら、似たようなはげ頭のオッサンがさらに数人と、肥《こ》えに肥えた中年女が一ダースほど転がり込んでくる。

「ウサギはどこだ！」

彼らは口々にウサギを出せと叫びだした。

とっさにアリスの籠を抱えた珊瑚を翡翠が背にかばって立ち、舌打ちしながら聞く。

「で、どのハゲが長男次男でどのデブが長女次女とかだよ」

「……ごめん分からない」

顔つきからするに彼らはレディ・フェリシアの子供たちで間違いないようだが、とても貴族の家柄とは思えないお行儀でわめき散らしている。さらには彼らの配偶者、その子供たちまで客間に押し入ろうとしてドアで詰まり、醜《みにく》いつかみ合いを始めている。

壁から時計が落ちて割れた。書棚がみしりと音を立て、革装丁《かわそうてい》の百科事典が雪崩《なだれ》を起こし、親族達の怒号《どごう》が響く中、メイドの悲鳴が合唱する。珊瑚の抱いた籠の中で、アリスが怯《おび》えてウロウロし始めた。しきりと前足を動かしている。

珊瑚は慌てて籠からアリスを出し、自分の懐《ふところ》に隠そうとした。

だが、それに気づいた長男だか次男だか甥《おい》だか孫だか分からない男に突進される。

「ウサギを渡せ！」

「俺たちの遺産を奪うなんて許さんぞ！」

いきなり銃声が客間に鳴り響いた。

金の亡者達がピタリと動きを止め、静まり返る。

天井に向けて発砲した翡翠は、これ見よがしに銃をくるりと回して見せ、軽く肩をすくめて珊瑚に言った。

「俺はウサ公と逃げる。テメェはその馬鹿ども全員に事情聴取《ちょうしゅ》して、ウサ公狙いそうな奴をピックアップしとけ」

言うなり珊瑚の手からアリスを抱き上げた翡翠は、ロックされていた窓の鍵を撃ち抜くと、ひらりと外に躍《おど》り出た。

とたんに客間は金切り声の悲鳴に溢れた。翡翠が最上階からいきなり飛び降り自殺したように見えたのだろう。

だが珊瑚は、翡翠の運動神経がただならぬことを知っていた。壊れた窓から首を突き出してみれば、地上百メートル以上の高さを、壁面装飾《へきめんそうしょく》のわずかな出っ張りを足がかりにスイスイ進んでいる。しかも強風の中、片手にアリスを抱いた状態でだ。

ふと、珊瑚は思い出して大声で尋ねた。

「ねえ、翡翠！　レディ・フェリシアを助けた時、アリスを見て『可愛いな』って褒めた？」

「は？　んなわけあっか。婆さんの膝にウサ公いたから、旨《うま》そうだな、っては言ったけどよ」

珊瑚はがくりと首を落とした。

やはりレディ・フェリシアの聞き間違いか。下々《しもじも》の英語に慣れない彼女は、アリスが褒められているニュアンスだけを感じ取り、翡翠が「優しく微笑んでアリスを可愛いと言った」などと思い込んでいたのだろう。

それから珊瑚が客間に押し寄せた親族たちを数えてみると、何と二十三人もいた。長男夫婦がチャーターした飛行機に、他の連中も無理矢理乗り込んできたらしい。

珊瑚は彼らの一人一人に話を聞いたが、相続から外されそうな危機に怒り心頭《しんとう》か、半泣きかのどちらかだった。誰もが珊瑚に対して「よそ者の若造が何様だ」との態度をとり、露骨《ろこつ》に舐《な》め腐《くさ》った態度だ。つくづく、宝飾店は琥珀の威圧感あってこそ睨《にら》みが利《き》くのだと身に沁《し》みた。

珊瑚は彼らの『声』に耳を傾けながら、危険度をAランクからEランクにまで分けてみた。金が欲しくて欲しくて、今すぐアリスだけでなくレディ・フェリシアまで殺しそうなAランクは三人。三男と十二番目の甥っ子、十五番目の孫息子だ。他の者はアリスの事故死か病死を願う程度で、そう危険とは言えない。

渦中《かちゅう》のレディ・フェリシア本人はうるさい親族の相手を珊瑚に押しつけ、どこかに雲隠れしてしまった。これまでも遺言状書き換え騒ぎのたびに、素知らぬ顔で素早く姿を消していたそうだ。相変わらず行動的な老婦人だが、彼女を狙うAランクが三人もいるからには翡翠の側《そば》にいて欲しいのに。

午前零時近くになってようやく全員の聴取が終わり、珊瑚がグッタリしていると、ミス・テイラーがお茶を運んできてくれた。

「ああ、ありがとうございます、ミス」

雇われ護衛にお茶を出すなど、本来なら付添人の仕事ではないはずだ。だが、レディ・フェリシアは遺言状の書き換えが済むまで、執事もメイドも信用しないと宣言したらしい。

「それであなたがお忙しそうにしているのですね。レディは今どこに？」

「先ほどご連絡を頂きました。海南島《かいなんとう》のホテルに、アリス様、翡翠様とおられるそうです」

「海南島⁉」

「そこへ、珊瑚様と私にも来て欲しいそうです。顧問弁護士が到着するまで、みんなでアリス様を見守りつつ、ビーチで楽しく遊びましょう、との伝言です」

「……はは」

すでに翡翠と合流しているのは有り難《あ がた》いが、この騒ぎを引き起こした張本人が、ビーチで楽しく遊びましょう、か。

珊瑚が力無い笑いを漏らした時、上空にヘリの音が近づいてきた。ミス・テイラーが顔を上げる。

「ああ、迎えが来ました。海南島へ向かいましょうか」

今からですか、と焦《あせ》る珊瑚に有無《うむ》を言わさず、ミス・テイラーは素早く支度を調えるとホテルの屋上へ上がった。強風に煽《あお》られながらヘリに乗り込み、すぐさま飛び立つ。

こんな強行軍の移動もよくあることなのか、ミス・テイラーは慣れた様子でヘッドセットを装着すると、マイク越しで珊瑚に尋ねた。

『あの一族のお相手は、お疲れになったでしょう』

『正直に言えば、大変でした。ですが、収穫もありました。今後の警備態勢についてレディ・フェリシアご本人とすぐにでもご相談したいです』

アリスだけでなく、レディ・フェリシア本人に殺意を抱く人間が三人もいることを伝えた方がいい。その上で琥珀を呼び寄せ、改めて宝飾店三人を護衛として雇《やと》うよう説得するのだ。

ミス・テイラーは何かを察したか、それ以上何も聞かなかった。さらりと話題を変える。

『あと三時間ほどで海南島に到着します。少しお休みされてはいかが』

彼女の忠告に従い、珊瑚はノイズキャンセルを最大にして目を閉じた。海南島に着いたらすぐに琥珀に連絡しよう、と考えているうち、泥のような眠りに引き込まれる。

翌朝、ミス・テイラーと共にレディ・フェリシアが滞在するホテルを訪れると、彼女はすっかりリゾートスタイルでくつろいでいた。

プールべりのチェアに長々と横たわり、パラソルの下でカクテル片手、その彼女を扇《あお》いでいるのは浅黒い肌の美青年ボーイだ。

隣のチェアには、翡翠がげんなりした顔で腰掛けていた。膝には大きなキラキラした箱が乗っており、バッテリーにつながれている。

「その箱、まさか」

「ウサ公様専用クーラー付きゲージ、リゾート仕様」

感情を無くしたかのような翡翠の声に興味を覚えて珊瑚が箱をのぞいてみると、ひんやりと空調が効いた中、宝石の首輪をつけられたアリスがすやすや眠っていた。時折、ヒクッと鼻が動く。レディ・フェリシアが、優雅な仕草でカクテルを掲《かか》げた。

「さあ揃ったわね、私の愛する付添人に、頼りになるアリスのガーディアンたち。弁護士が遺言状作成を終えるまで、ここで楽しみながら待ちましょう」

それから丸三日、珊瑚と翡翠は老貴婦人の道楽に付き合わされることとなった。海南島は美しいビーチだけでなく、ゴルフに乗馬、クリケット、アーチェリーなど、様々な施設が揃っている。「俺はウサ公につきっきりだからな」と体《てい》よく翡翠が逃げたため、お供《とも》は必然的に珊瑚とミス・テイラーだ。彼女は見かけによらず運動神経がよく、どんなスポーツも器用にこなしたが、翡翠によく「どんくさい」と罵《ののし》られる珊瑚には辛《つら》いお供だ。

だが、Aランク殺意の三男、甥っ子、孫息子がいるからには、珊瑚がレディ・フェリシアに貼り付く意味はあるはずだ。海南島に滞在していることは親族達に極秘とはいえ、いつ嗅《か》ぎつけられ、暗殺者を放たれるか分からない。

その間、燭銀街の琥珀とは連絡が取れなかった。日本からの別件について調べているらしく、秘書電話サービスに「しばらく忙しい。そっちは二人で何とかしろ」とだけ吹き込まれていた。

（まあ、翡翠と僕を信頼してくれてるってことだよな）

無事に遺言状の書き換えが済むまで警戒を怠《おこた》らないぞ、と自分に言い聞かせる。とはいえ、常夏《とこなつ》のビーチにハイビスカス飾りのカクテル片手では、ついつい気が緩《ゆる》んでしまいそうになるのだが。

三日目、やっと顧問弁護士が燭銀街に到着したとミス・テイラーが言った。

「では荷物をまとめて、チェックアウトの準備をしてまいります。皆様は今しばらく、プールサイドでおくつろぎください」

いつものようにきびきびとミス・テイラーが去った後、珊瑚と翡翠はどちらからともなく顔を見合わせ、溜め息をついた。ようやく、この短いようで長い任務も終わりそうだ。

翡翠はカクテルを飲み干し、クーラー付きゲージからアリスを無造作に抱き上げた。

「ほんっと、手間かけさせてくれたな、ウサ公め」

「でも、この三日でアリス嬢、翡翠に懐《なつ》いたよね。ウサギってなかなか人に抱っこさせないんだって」

「まじ？」

「ですよね、レディ・フェリシア」

背後を振り返った珊瑚だったが、彼女の姿はどこにも見えない。

一瞬焦ったものの、カウンターバーでお気に入りのバーテンとおしゃべりしている姿を見つけ、ホッとする。

（でも、とっさにかばえる距離にはいなきゃ）

と、珊瑚が歩き出そうとした瞬間だった。

凄《すさ》まじい殺意を感じた。頭の割れそうな『声』。

――レディ・フェリシアへの明確な殺意だ。

珊瑚はとっさにホテルのバルコニーを振り返り、ボウガンを構えた人影を指差した。

「翡翠、あそこ！」

反射的に銃を抜いた翡翠は一言も聞かずに発砲《はっぽう》した。人影が崩れ落ちるのが見え、突然の銃声にプールサイドに悲鳴が満ちる。翡翠はアリスを守るよう抱きながら、ボソッと呟いた。

「おい、あのバルコニー」

「うん、レディ・フェリシアが滞在してる部屋だ」

つまり、あのバルコニーにいたのは出発準備をしていたはずの。

「ミス・テイラーか」

ミス・テイラーは遺言状がどうあれ、もらえる遺産は変わらないはずだった。

だが、レディ・フェリシアの十二番目の甥っ子と出来ていたとなれば話は別だ。借金で首の回らない甥っ子は今すぐ遺産が欲しかったし、ミス・テイラーは恋人の言いなりだった。二人は共謀《きょうぼう》し、彼女とアリスを同時に消すことを目論《もくろ》んでいたらしい。

最初は毒を盛るつもりだったようだが、邪魔な護衛が二人も来てしまった。なかなか手を出せず、弁護士到着の報を受けて痺《しび》れを切らしたミス・テイラーは、学生時代にチャンピオンとなったアーチェリーの腕前で雇い主を射殺《いころ》そうとし、翡翠から肩を撃ち抜かれた。今は共犯者の甥っ子と共に、警察による取り調べの最中だ。

燭銀街の宝飾店に戻った二人は、琥珀の帰りを待ちながら反省会を開いた。

「これは僕のミスなんだけど、ヘリコプターの中で彼女、眠る僕から手帳を抜き取って調査結果を読んだみたい。そこで、自分の彼氏がAランクで疑われてるのを知って焦ったんだ」

「あー、それで強引に婆さん殺《や》ろうとしたのか。……まあ、婆さん狙われてるの知ってて、目ェ離した俺のミスだな」

珍しく翡翠が殊勝《しゅしょう》に言うので、珊瑚は慌てて否定した。

「いや、僕のミスでもあるよ。ミス・テイラーはほとんど『声』が聞こえないタイプで、彼女の殺意に気づけなかった。世話をしていたアリスには愛着が湧いてたみたいだから、それで安心してたのもある」

とたんに翡翠は前言撤回《ぜんげんてっかい》した。

「だよな、ほとんどがテメェのミスだよな。婆さんに貼り付いてたのはテメェだし」

「い、いや待ってよ、でも最終的に彼女を救ったのは僕の能力だよ？　翡翠一人であの距離のボウガン、気づけた？」

「手帳を盗み読みされたのテメェだろうが！」

責任の押し付け合いをしていると、事務所に琥珀が入ってきた。二人の言い争いが聞こえていたらしく、目をうっすら細めて立っている。

「あ、こ、琥珀さんお帰りっす」

「琥珀おかえり、に、日本からの依頼は」

「下調べ中だ。それよりお前ら、事件は一応解決したそうだが、仲良くしてたか？」

無表情の琥珀に見比べられ、珊瑚と翡翠は息を飲んだ。

どちらからともなく肩を抱き合い、同時に笑顔を浮かべる。

「もちろん！」

あとがき

嬉野君

こんにちは、嬉野君です。

弾丸のデラシネ、2巻はいかがでしたでしょうか。お話はこれで一区切りとなりますが、私が原作を担当している「熱帯デラシネ宝飾店（漫画・夏目《なつめ》イサク先生）」は続いていきます。書き下ろし短篇にて琥珀《こはく》が「日本に用事」と言ってますが、それが漫画のストーリーにつながることになります。結局、琥珀の過去だけ全く分かんないじゃん！ って方はどうか漫画を追いかけて頂けるとありがたいです。野郎ばっかのとこにセーラー服の女の子が来るよ！

漫画も小説も、私のぼんやりとした「暑い国っていいよなあ」という憧れから出来たお話です。

高校生向けの歴史のテキストを読み返していたら、「何もしないでも勝手に穀物《こくもつ》や果物が実るような豊かな熱帯では、人間はあくせく働く必要がない。だから人類初期の段階では巨大な文明は誕生しなかった」とあり、なるほどな、と思いました。自然と戦い、制御し、人間の生活を維持《いじ》する努力が必要ないからこそ、中央集権的な体制や巨大建造物なんかも生まれないんですね。（現在残ってるアンコールワットやボロブドゥールの巨大遺跡は、比較的新しいものです）

あくせくせずとも、何となく生きていける国。

現代にそのままスライドできるわけではないでしょうが、これ、私があちこちめぐった熱帯の国々の印象そのままです。太陽と海と悠久なる大河、山、そんなものがあれば、まあそう簡単に死にゃしないだろ。いざ飢《う》えたら親戚や近所が何とかしてくれるだろうし、それも駄目なら出家《しゅっけ》という手があるさ。そんな感じで、とにかく大らか。日本人が必死に計算する「死ぬまでに必要な金額」「それでももし平均寿命より長生きしてしまったら」なんて心配してる人、あんまりいない気がします。

弾丸のデラシネ、ってタイトルは、そんな国に来た三人の暮らしを少し書いてみたいなあと思ってつけました。暑い国でぼーっと座り込み、地面に落ちた果物とか、それを舐《な》める野良犬とか眺めてると、すべてが「ま、いっか」って気になるんですよね。三人も少しはそんな気になってくれたでしょうか。

さて最後になりましたが、イラストを担当していただいている夏目イサク先生には最大級の感謝を述《の》べさせて頂きます。彼女と一緒に訪れた台湾《たいわん》では「あれデラシネっぽいな」「うん、ぽいぽい」って植物や建物、路地などを撮りまくりました。あと、胃がはち切れそうなほど食べまくりました。私は三キロも太ったよ。

そしてもちろん、この本を読んで下さったすべての方々にお礼を申し上げます。また次の物語でお会いできることを願いまして、極寒の部屋より皆様にさよならを！

嬉野 君

W I N G S ・ N O V E L

【初出一覧】
ペルシャの王子と奇術の夜：小説Wings '19春号（No.103）掲載
密林宝石奇譚：小説Wings '19夏号（No.104）掲載
小さな令嬢事件：書き下ろし

この本を読んでのご意見、ご感想などをお寄せください。
嬉野 君先生・夏目イサク先生へのはげましのおたよりもお待ちしております。
〒113-0024　東京都文京区西片2-19-18　新書館
[ご意見・ご感想] 小説Wings編集部「弾丸のデラシネ②」係
[はげましのおたより] 小説Wings編集部気付○○先生

弾丸のデラシネ②

著者：嬉野 君 ©Kimi URESHINO
初版発行：2020年4月25日発行

発行所：株式会社 新書館
[編集] 〒113-0024　東京都文京区西片2-19-18　電話 03-3811-2631
[営業] 〒174-0043　東京都板橋区坂下1-22-14　電話 03-5970-3840
[URL] https://www.shinshokan.co.jp/

印刷・製本：加藤文明社

ISBN978-4-403-54220-6 Printed in Japan

S H I N S H O K A N